时间移民

刘慈欣 等／著

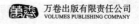
万卷出版有限责任公司
VOLUMES PUBLISHING COMPANY

图书在版编目（CIP）数据

时间移民 / 刘慈欣等著. -- 沈阳：万卷出版有限
责任公司，2025．5．-- ISBN 978-7-5470-6735-2

Ⅰ．I247.7

中国国家版本馆CIP数据核字第2024H8U452号

出 品 人：王维良
出版发行：万卷出版有限责任公司
　　　　　（地址：沈阳市和平区十一纬路29号　邮编：110003）
印 刷 者：河北鹏润印刷有限公司
经 销 者：全国新华书店
幅面尺寸：145mm×210mm
字　　数：240千字
印　　张：9.5
出版时间：2025年5月第1版
印刷时间：2025年5月第1次印刷
责任编辑：王　越　李京涛
责任校对：刘　璠
封面设计：平　平
版式设计：李英辉
ISBN 978-7-5470-6735-2
定　　价：48.00元
联系电话：024-23284090
传　　真：024-23284448

目录
Contents

时间移民

刘慈欣

前不见古人，
后不见来者。
念天地之悠悠，
独怆然而涕下！

——题记

移 民

告全民书：

　　迫于环境和人口已无法承受的压力，政府决定进行时间移民，首批移民人数约为 8000 万，移民距离为 120 年。

　　要走的只剩下大使一个人了，他脚下的大地是空的，那是一个巨大的冷库，里面冷冻着 40 万人。在这个世界的其他地方，还有 200 个这样的冷库，其实它们更像——大使打了一个冷战——坟墓。

　　桦不同他走，她完全符合移民条件，并拿到了让人羡慕的移民卡。但与那些向往未来新生活的人不同，她认为现世和现实是最值得留恋的。她留下了，让大使一个人走向 120 年之后的未来。

　　一小时之后，大使走了，接近绝对零度的液氦淹没了他，凝固了他的生命。他率领着这个时代的 8000 万人，沿着时间踏上了逃荒之路。

跋　涉

　　无知觉中，时光流逝，太阳如流星般划过长空，出生、爱情、死亡，狂喜、悲伤、失落，追求、奋斗、失败，一切的一切，如迎面而来的列车，在外部世界中呼啸着掠过……

　　……10 年……20 年……40 年……60 年……80 年……100 年……120 年。

第一站：黑色时代

　　绝对零度下的超睡状态中，意识随机体完全凝固，完全感觉不到时间的存在。以至于大使醒来时，以为是低温系统出现故障，出发后不久被临时解冻。但对面原子钟巨大的等离子显示屏告诉他，120 年过去了，一个半人生过去了，他们已是时代的流放者。

　　100 人的先遣队在一星期前醒来，并主动与这个时代取得联系。队长这时站在大使旁边，大使的体力还没有恢复到能说话的程度，在他探询的目光下，先遣队长苦笑了一下，摇摇头。

国家元首在冷冻室大厅里迎接他们。他看上去是一个饱经风霜的人，同他一起来的人也一样。在 120 年之后的世界，这很奇怪。大使把自己时代政府的信交给他，并转达自己时代人民对未来的问候。元首没说太多话，只是紧紧握住大使的手，元首的手同他的脸一样粗糙，使大使感到一切的变化并不像自己想象的那么大，大使有一种温暖的感觉。

但这种感觉在走出冷冻室后立刻消失了。外面是黑色的：黑色的大地，黑色的森林，黑色的河流，黑色的流云。他们乘坐的悬浮车扬起了黑色的尘土。路上，向反方向行驶的坦克纵队已成了一排行驶的黑块，空中低低掠过的直升机群也像一群黑色的幽灵，特别是现在的直升机听不到一点声音。一切像被天火烧了一遍一样。他们驶过了一个大坑，那坑太大了，像大使时代的露天煤矿。

"弹坑。"元首说。

"……弹坑？"大使没说出那个骇人的字眼。

"是的，这颗当量大约 1 万 5000 吨级。"元首淡淡地说，苦难对他已是淡淡的经历了。

在两个时代的会面中，空气凝固了。

"战争什么时候开始的？"

"这次是两年前。"

"这次？"

"你们走后还有过几次。"

接着，元首避开了这个话题。他不像是 120 年后的晚辈，倒像是大使时代的长辈，这样的长辈出现在那个时代的工地和农场里，他们用自己宽阔的胸怀包容一切苦难，不让它溢出一点。"我们将接受所有的移民，并且保证他们在和平环境中生活。"

"这可能吗？在现在这种情况下？"大使的一个随员问道，他本人则沉默着。

"这届政府的全体人民将不惜一切代价做到这一点，这是责任。"元首说，"当然，移民还要努力适应这个时代，这有些困难，120 年来变化很大。"

"有什么变化？"大使说，"一样的没有理智，一样的战争，一样的屠杀。"

"您只看到了表面。"一位穿迷彩服的将军说，"以战争为例，现在两个国家这样交战：首先公布自己各类技术和战略武器的数量和型号，根据双方各种武器的对毁率，计算机可以给出战争的结果。武器是纯威慑性质的，从来不会动用。战争就是计算机中数学模型的演算，以结果决定战争的胜负。"

"如何知道对毁率呢？"

"有一个国际武器试验组织，他们就像你们时代的——国际贸易组织。"

"战争已经像经济一样正规和有序了？"

"战争就是经济。"

大使看了一眼车窗外的黑色世界："但现在，世界好像不仅仅是在演算。"

元首用深沉的目光看着大使："算过了，但我们不相信结果真能决定胜败。"

"所以我们发起了你们那样的战争，流血的战争，'真'的战争。"将军说。

"我们现在去首都，研究一下移民解冻的问题。"元首再次避开了这个话题。

"返回。"大使说。

"什么？！"

"返回。你们已经无法承受更多的负担了，这个时代不适合移民，我们再向前走一段吧。"

悬浮车返回了一号冷冻室。告别前，元首递给了大使一本精装书。"这是 120 年的编年史。"他说。

这时，一位政府官员带来一位 123 岁的老人，他是现在能找到的唯一一位与移民同时代生活过的人，他坚持要见见大使。"好多的事，你们走后，好多的事啊！"老人拿出两个碗，大使时代的碗，又给碗里满上了酒，"我的父母是移民，这酒是我 3 岁时他们走前留给我的，让我存到他们解冻时喝。我见不到他们了！我也是你们见到的最后一个同时代的人了。"

喝了酒后，大使望着老人平静干涸的双眼，正想着这个时代的人似乎已不会流泪了，老人的眼泪却突然流了下来。他跪了下来，抓住大使的双手。

"前辈保重，西出阳关无故人啊！"

被液氦的超低温凝固之前，桦突然出现在大使那残存的意识中，他看到她站在秋日的落叶上，后来落叶变黑，出现了一块墓碑，那是她的墓碑吗？

跋　涉

无知觉中，太阳如流星般划过长空，时光在外部世界飞速掠过……

……120年……130年……150年……180年……200年……250年……300年……350年……400年……500年……600年。

第二站：大厅时代

"怎么这么久才叫醒我？！"大使吃惊地看着原子钟。

"先遣队已以百年为间隔醒来并出动了5次，最长我们曾在一个时代生活了10年，但每次都无法实现移民，所以没有唤醒您，这个原则是您自己确定的。"先遣队长说。大使这才发现他比上次见面老了许多。

"又遇到战争了？"

"没有，战争永远消失了。前三个时代生态环境继续恶化，直到200年前才开始好转，但后两个时代拒绝接收移民。这个时代才同意接收，最后的决定需要您和委员会来做。"

冷冻室大厅里没有人。在巨大的密封门隆隆开启时，先遣队长低声对大使说："变化远远超出您的想象，要有精神准备。"

大使踏进这个时代的第一步，脚下响起了一阵乐声，梦幻一般，像过去时代的风铃声。他低头，看到自己踏在水晶状的地面上，水晶的深处有彩色的光影在变幻，水晶看上去十分坚硬，踏上去却像地毯般柔软。大使踏到的位置响起风铃般的乐声，同时有一圈圈同心的彩色光环以踏点为中心扩散开来，如同踏在平静的水面上激起的水波。大使抬头望去，发现目力所及之处，整个平原都是水晶状的。

"全球所有的陆地都铺上了这种材料，以至于整个世界都像人造的一样。"先遣队长说，看着大使惊愕的目光，他笑了，好像说：这才是吃惊的开始呢！大使又注意到自己在水晶地面上的影子，有好几个，以他为中心向四面散开。他抬起头来，看见了6个太阳。

"现在是深夜，但200年前就没有夜晚了，您看到的是同步轨道上的6个反射镜把阳光反射到地球夜晚的一面，每个镜面有几百平方千米的面积。"

"山呢？"大使发现，地平线处连绵的群山不见了，大地与蓝天的相接处如尺子画出的一般平直。

"没有山了，全被平掉了，全球各大洲都是这样的平原。"

"为什么？！"

"不知道。"

大使觉得那6个太阳如大厅里的6盏灯。大厅！对了，他有了一种朦胧的感觉。他发现这是一个干净得出奇的时代，整个世界没有尘土，令人难以置信，一点都没有。大地如同一个巨大的桌面一样干净。天空同样一尘不染，呈干净的纯蓝色，但由于6个太阳的存在，天空已失去了过去时代的那种广阔和深邃，像大厅的拱顶。大厅！他的感觉更确定了，整个世界变成了一个大厅！铺着柔软的发出风铃声的水晶地毯，有着6盏吊灯的大厅！这是个精致的、干净的时代，同上次的黑色时代形成鲜明对比。在以后的移民编年史中，他们把它叫作"大厅时代"。

"他们不来迎接我们吗？"大使看着眼前空旷的平原问道。

"我们得自己到首都去见他们。虽然有精致的外表，这却是个没有礼仪的时代，甚至连好奇心也没有了。"

"他们对移民是什么态度？"

"同意接收，但移民只能在与他们社会隔绝的保留区生活。至于保留区的位置，在地球上还是其他行星上，或在太空专建一个城市，由我们决定。"

"这绝对不能接受！"大使愤怒地说，"全体移民必须融入现在的社会，融入现在的生活，移民不是二等公民，这是时间移民最基本的原则！"

"这不可能。"先遣队长摇摇头。

"是他们的看法？"

"也是我的。哦，请听我把话说完。您刚解冻，在这之前我已在这个时代生活了半年多。请相信我，现实远比您看到的更离奇，就是发挥最疯狂的想象力，您也无法想象出这个时代的十分之一，与此相比，旧石器时代的原始人理解我们的时代倒容易多了！"

"移民开始时已经考虑了适应的问题，所以移民的年龄都在 25 岁以下。我们会努力学习，努力适应这一切的！"大使说。

"学习？"先遣队长笑着摇摇头。"您有书吗？"他指着大使的手提箱问，"什么书都行。"大使不解地拿出一本伊·亚·冈察洛夫在 19 世纪末写的《环球航海游记》，这是他出发前看到一半的书。先遣队长看了一眼书名说："随便翻到一页，告诉我页数。"大使照办了，翻到第 239 页。先遣队长流利地背诵起航海家在非洲的见闻，令人难以置信，一字不差。

"看到了吗？根本不需要学习，他们就像我们往磁盘上拷贝数据一样向大脑中输入知识！人的大脑能达到记忆的极限。如果这还不够，看这个！"先遣队长从耳后取下一个助听器大小的东西，"这是量子级的存储器，人类有史以来所有的书籍都可以存在里面，愿意的话可以连一个账本都不放过！大脑可以像计算机访问内存一样提取它的信息，比大脑本身的记忆还快。看到了吗？我自己就是人类全部知识的载体，如果愿意，您在不到一小时的时间内也能做到。对他们来说，学习是一种古老的不可理解的神秘仪式。"

"他们的孩子一出生就马上得到一切知识？"

"孩子？"先遣队长又笑了，"他们没有孩子。"

"那孩子呢？"

"我说过没有。家庭在更早的时候就没有了。"

"就是说，他们是最后一代人了。"

"也没有代，代的概念不存在了。"

大使的惊奇现在变成了茫然，但他还是努力去理解，并多少理解了一些："你是说，他们永远活着？！"

"身体的一个器官失效，就更换一个新的；大脑失效，就把其中的信息拷贝出来，再拷贝到一个新培植的脑中去。当这种更换进行了几百年后，每人唯一留下的是自己的记忆。你能说清他们是孩子还是老人吗？也许他们倾向于把自己当成老人，所以不来接我们。当然，愿意的话，也会有孩子的，克隆或是更传统的方法，但不多了。这一代长生者现在已生存了 300 多年，还会继续生存下去。这一切会产生出一个什么样的社会形态，您能想象得出吗？我们所梦想的东西：博学、美貌、长生，在这个时代都是轻而易举能得到的东西。"

"那么这是理想社会了？他们还有想要而得不到的东西吗？"

"没有，但正因为他们能得到一切，同时也就失去了一切。对我们来说这很难理解，对他们来说却是真实的感受。现在远不是理想社会。"

大使的茫然又变成了沉思。天空中的 6 个太阳已斜向西方，很快落到地平线下。当西天只剩下两个太阳时，启明星出现了，接着，真正的太阳在东方映出霞光。那柔和的霞光使大使感到了一丝慰藉，宇宙间总有永恒不变的东西。

"500 年，时间不算长，怎么会有这么大的变化呢？"大使像在问先遣队长，又像在问整个世界。

"人类的发展是一个加速度，我们时代 50 年的发展，可与过去 500 年相比，而现在的 500 年，也许与过去的 5 万年相当了！您还认为移民能适应这一切吗？"

"加速到最后会是什么？"大使半闭起双眼。

"不知道。"

"你所拥有的全人类的知识也不能回答这个问题吗？"

"我游历这几个时代最深的感受是：知识能解释一切的时代过去了。"

......

"我们继续朝前走！"大使做出了决定，"带上那块芯片，还有他们向人脑输入知识的机器。"

在进入超睡状态前的朦胧中，大使又见到了桦，桦越过600年的漫漫长夜向他看了一眼，那让人心醉又心碎的眼神，使大使在孤独的时间流浪中有了家的感觉。大使梦见水晶大地上出现了一阵缥缈的飞尘，那是桦的骨骼变成的吗？

跋　涉

无知觉中，太阳如流星般划过长空，时光在外部世界飞速掠过……

……600年……620年……650年……700年……750年……800年……850年……900年……950年……1000年。

第三站：无形时代

冷冻室巨大的密封门隆隆开启，大使第三次站在未知时代的门槛前，这次他做好了对看到一个全新时代的精神准备，但出门后发现，变化没有他想象得那么大。

水晶地毯仍然存在，铺满大地；6 个太阳也在天空中发着光。但这个世界给人的感觉与大厅时代全然不同。首先，水晶地毯似乎已经"死"了，深处的光影还有，但暗了许多，在上面走动时不再听见风铃声，也没有美丽的波纹出现。天空中的 6 个太阳，有 4 个已暗淡无光，它们发出的暗红色光芒只能标明自己的位置，而不能照亮下面的世界。最引人注意的变化是：这世界有尘土了！尘土在水晶地面上薄薄地落了一层。天空不再纯净，有灰色的流云。地平线也不是那么清晰笔直了。所有的一切给人这样一种感觉：大厅时代的大厅已人去屋空，外部的大自然正慢慢渗透进来。

"两个世界都拒绝接收移民。"先遣队长说。

"两个世界？"

"有形世界和无形世界。有形世界就是我们熟知的世界，尽管已很不相同。有同我们一样的人，但对很大一部分人来说，有机物已不是他们的主要组成部分了。"

"同上次一样，平原上还是看不到一个人。"大使极目远望。

"有几百年，人们不用那么费力地在地面上行走了。您看！"先遣队长指指空中的某个位置，大使透过尘土和流云，隐约看到一些飞行物，距离很远，看上去只是一群小黑点，"那些东西，也许是一架飞机，也许就是一个人。任何机器都可能是一个人的身体，比如海上的一艘巨轮，可能就是一个人的身体，操纵巨轮的电脑存储器是这个人大脑的副本文件。一般来说每个人都有几个身体，这些身体中总有一个是同我们一样的有机体，这是人们最重视的一个身体，虽然也是最脆弱的，这也许是由于来自过去的情感吧。"

"我们是在做梦吗？"大使喃喃地问。

"与有形世界相比，无形世界更像一个梦。"

"我已经能想象出那是什么，人们连机器的身体也不要了。"

"是的，无形世界就是一台超级电脑的内存，每个人是内存中的一个软件。"

先遣队长指了指前方，地平线上有一座山峰，孤独地立在那里，在阳光下闪着蓝色的金属光泽。"那就是无形世界中的一个大陆。您还记得上次我们带回的那些小小的量子芯片吧，而您看到的是量子芯片堆成的高山！由此可以想象，或根本无法想象这台超级电脑的容量。"

"在它里面，是一种什么样的生活呢？在内存里人们什么都不是，只是一些量子脉冲的组合罢了。"大使说。

"正因如此，您可以真正随心所欲地创造您想要的一切。您可以创造一个有千亿人口的帝国，在那里您是国王；您可以经历1000次各不相同的浪漫史，在1万次战争中死10万次；那里每个人都是一个世界的主宰，比神更有力量。您甚至可以为自己创造一个宇宙，那宇宙里有上亿个星系，每个星系有上亿个星球，每个星球都是各不相同的您渴望或不敢渴望的世界！不要担心没有时间享受这些，超级电脑的速度使那里的一秒钟有外面的几个世纪长。在那里，唯一的限制就是想象力。无形世界中，想象与现实是一个东西，当您的想象出现时，想象的同时也就变为现实了，当然，是量子芯片内的现实，用您的说法，是脉冲的组合。这个时代的人们正在渐渐转向无形世界，现在生活在无形世界中的人数已超过有形世界。虽然可以在两个世界都有一份大脑的拷贝文件，但无形世界的生活如毒品一样，一旦经历过那种生活，谁也无法再回到有形世界里来，我们充满烦恼的世界对他们如同地狱一般。现在，无形世界已掌握了立法权，正在渐渐控制整个世界。"

跨过 1000 年的两个人，梦游似的看着那座量子芯片的高山，忘记了时间，直到真正的太阳像过去亿万年的每一天那样点亮了东方，他们才回到了现实。

"再往后会是什么呢？"大使问。

"无形世界中，作为一个软件，您可以轻易地拷贝多个自我，如果对自己性格的某些方面不喜欢，比如，您认为在受着感情和责任心的折磨，您就可以把一个自我分裂成多个，分别代表您个性的某个方面。进一步来讲，您可以和别人合为一体，形成一个由两者精神和记忆组合而成的新自我；再进一步来讲，还可以组合几个、几十个或几百个人……够了，我不想让您发疯，但这一切在无形世界中随时都在发生。"

"再往后呢？"

"只能猜测，现在最明显的迹象是，无形世界中的个体可能会消失，最终所有的人合为一个软件。"

"再以后？"

"不知道。这已是个哲学问题了，经过了这几次解冻，我已经害怕哲学了。"

"我则相反，已是个哲学家了。你说得对，这是个哲学问题，必须从哲学的深度来思考。对这次移民，我们早就该这样思考，但现在也不晚。哲学是一层纸，现在至少对于我这层纸捅破了，突然间，几乎突然间，我知道我们以后的路了。"

"我们必须在这个时代结束移民，再走下去，移民将更难适应目的时代的环境。"先遣队长说，"我们应该起义，争得自己的权力。"

"这不可能，也没必要。"

"我们难道还有别的选择？"

"当然有，而且这个选择就像面前正在升起的太阳一样清晰和光明。请把总工程师叫来。"

总工程师同大使一起被解冻，现在正在冷冻室中检查和维护设备。由于他的解冻很频繁，已由出发时的青年变成老人了。当茫然的先遣队长把他叫来后，大使问："冷冻还能维持多长时间？"

"现在绝热层良好，聚变堆的工作情况也正常。在大厅时代，我们按当时的技术更换了全部的制冷设备，并补充了聚变燃料，现在看来，所有 200 个冷冻室，即使以后不更换任何设备也不进行任何维护，也可维持 1 万 2000 年。"

"好极了。立刻在原子钟上设定最终目的地，全体人员进入超睡状态，在到达最终目的地之前，不再有任何人解冻。"

"最终目的地在……"

"1 万 1000 年。"

桦又进入了大使超睡状态前的残存意识中，这一次最真实：她的长发在寒风中飘动，大眼睛含着泪，在呼唤他。在进入无知觉的沉睡之前，大使对她喊："桦，我们要回家了！我们要回家了！！"

跋　涉

无知觉中，太阳如流星般划过长空，时光在外部世界飞速掠过……

……1000 年……2000 年……3500 年……5500 年……7000年……9000 年……1 万年……1 万 1000 年。

第四站：回家

这一次，甚至在超睡状态中也能感觉到时光的漫长了。在1万年的漫漫长夜中，在100个世纪的超长等待中，连忠实地控制着全球200个超级冷冻室的电脑都要睡着了。在最后的1000年中，它的部件开始损坏，无数只由传感器构成的眼睛一只只闭上，由集成块构成的神经一根根瘫痪，聚变堆的能量相继耗尽，在最后的几十年中，冷冻室仅靠着绝热层维持着绝对零度。后来，温度开始上升，很快到了危险的阈值，液氦开始蒸发，超睡容器内的压力急剧增高，1万1000年的跋涉似乎都将在一声爆破中无知觉地完结。但就在此时，电脑唯一还睁着的那双眼看到了原子钟的时间，这最后一秒钟的流逝忽地唤醒了它古老的记忆，它发出了一个微弱的信号，苏醒系统启动了。在核磁脉冲的作用下，先遣队长和100名先遣队员的身体中接近绝对零度的细胞质在不到百分之一秒的时间内融化，然后升到正常体温。一天后，他们走出了冷冻室。一个星期后，大使和移民委员会的全体委员都苏醒了。

当冷冻室的巨门刚刚开启一条缝时，一股强风从外面吹了进来。大使闻到了外面的气息，这气息同前三个时代不同，它带着嫩芽的芳香，这是春天的气息，家的气息。大使现在几乎可以肯定,他在1万多年前的决定是正确的。

大使同委员会的所有人一起跨进了他们最后到达的时代。

大地是土的,但土是看不见的,因为上面长满了一望无际的绿草。冷冻室的门前有一条小河,河水清澈,可以看到河底美丽的花石和几条悠闲的小鱼。几个年轻的先遣队员在小河边洗脸,他们光着脚,脚上有泥,轻风中隐隐传来了他们的笑声。天上只有一个太阳,蓝天上有雪白的云朵。一只鹰在天空中懒洋洋地盘旋,树上有小鸟的叫声。远远望去,1万多年前大厅时代消失了的山脉又出现在天边,山上盖满了森林……对经历过前三个时代的大使来说,眼前的世界太平淡了,他为这种平淡流下热泪。经过1万1000年流浪的他和所有人需要这平淡的一切,这平淡的世界是一张温暖而柔软的天鹅绒,他们把自己疲惫破碎的心轻轻地放了上去。

平原上没有人类活动的迹象。

先遣队长走过来,大使和委员们的目光集中在他脸上,那是最后审判日里人类的目光。

"都结束了。"先遣队长说。

谁都明白这话的含义。在神圣的蓝天绿草之间,人类沉默着,平静地接受了这个现实。

"知道原因吗?"大使问。

先遣队长摇摇头。

"由于环境?"

"不，不是由于环境，也不是战争，不是我们能想到的任何原因。"

"有遗迹吗？"大使问。

"没有，什么都没留下。"

委员们围过来，开始急促地发问。

"有星际移民的迹象吗？"

"没有，近地行星都恢复到未开发状态，也没有星际移民的迹象。"

"什么都没留下？一点点，一点点都没有？"

"是的，什么都没有。以前的山脉都被恢复了，是从海洋中取的岩石和土壤。植被和生态也恢复得很好，但都看不到人工的痕迹。古迹只保留到公元前 1 世纪，以后的时代痕迹全无。生态系统自行运转估计有 5000 多年了，现在的自然环境类似于新石器时代，但物种不如那时丰富。"

"什么都没留下，怎么可能？！"

"他们没什么话要说了。"

最后这人的话使大家再次陷入沉默。

"这一切您都预料到了，是吗？"先遣队长问大使，"那么，您应该想到原因了？"

"我们能想到，但永远无法理解。原因要在哲学的深度上找。在对存在思考到终极时，他们认为不存在是最合理的并选择了它。"

"我说过，我怕哲学！"

"那好，我们暂时离开哲学吧。"大使走远几步，面向委员们。

"移民到达，全体解冻！"

200个聚变堆迸发出最后的强大能量，核磁脉冲正解冻着8000万人。一天后，人类从冷冻室中走出，并在沉寂了几千年的各个大陆上扩散开来。在一号冷冻室所在的平原上，聚集了几十万人，大使站在冷冻室门前巨大的台阶上面对着他们，只有很少一部分人能听到他的讲话，但他们把听到的话像水波一样传播开来。

"公民们，本来计划走120年的我们，走了1万1000年，最后到达这里。现在的一切你们都看到了，他们消失了，我们是仅存的人类。他们什么都没有留下，但又留下了一切。这几天，所有人一直在努力寻找，渴望找到他们留下的只言片语，但没有，什么都没有。他们真没什么可说的吗？不！他们有，而且说了！看这蓝天，这草地，这山脉，这森林，这整个重新创造的大自然，就是他们要说的话！看看这绿色的大地，这是我们的母亲！是我们力量的源泉！是我们存在的依据和永恒的归宿！以后人类还会犯错误，还会在苦难和失望的荒漠中跋涉，但只要我们的根不离开我们的大地母亲，我们就不会像他们那样消失。不管多么艰难，人类和生活将永远延续！公民们，现在这世界是我们的了，我们开始了人类新的轮回。我们现在一无所有，但又拥有人类有过的一切！"

　　大使把那个来自大厅时代的量子芯片高高举起，把全人类的知识高高举起。突然，他像石像一样凝固了，他的眼睛盯着人海中一个飞快移动的小黑点，近了，他看清了那束在梦中无数次出现的长发，那双他认为在100多个世纪前已化为尘土的眼睛。桦没留在1万1000年前，她最后还是跟他来了，跟他跨越了这漫长的时间沙漠！当他们拥抱在一起时，天、地、人合为一体了。

　　"新生活万岁！"有人高呼。

　　"新生活万岁！！"这呼声响彻了整个平原，群鸟欢唱着从人海上空飞过。

　　在一切都结束之后，一切都开始了。

生存实验

王晋康

　　若博妈妈说今天是我们大伙儿的 10 岁生日。今天我们不用到天房外去做生存实验，也不用学习，就在家里玩，想怎么玩就怎么玩。伙伴们高兴极了，齐声尖叫着四散跑开。我发觉若博妈妈笑了，不是她的铁面孔在笑，而是她的眼睛在笑。但她的笑纹一闪就没有了，心事重重地看着孩子们的背影。

　　天房里有 63 个孩子。我叫王丽英，若博妈妈叫我小英子，伙伴们都叫我英子姐。这里还有白皮肤的乔治，黑皮肤的萨布里，红脸蛋的索朗丹增，黄皮肤的大川良子，鹰钩鼻的优素福，金发的娜塔莎……我是老大，是所有人的姐姐，不过我比最小的孔茨也只大了一小时。很容易推算出来，我们是各间隔一分钟，一个接一个地出生的。

　　若博妈妈是所有人的妈妈，可她常说她不是真正的妈妈。真正的妈妈有肉做的身体，像我们每个人一样，不是像她这种坚硬冰凉的铁身体。真正的妈妈胸前有一对乳房，能流出又甜又稠的白白的奶汁，小孩儿都是吃奶汁长大的。你说这有多稀奇，我们都没吃过奶汁，也许吃过但忘了。我们现在每天吃"玛纳"——它圆圆的，有拳头那么大，又香又甜，每天一颗，由若博妈妈发给我们。

还有比奶汁更稀奇的事呢！若博妈妈说我们中的女孩子长大了都会做妈妈，肚子里会怀上孩子，胸前的小豆豆会变大，会流出奶汁，10个月后孩子生出来，就喝这些奶汁。这真是怪极了，小孩子怎么会钻到肚子里呢？小豆豆又怎么会变大呢？从那时起，女孩子们老琢磨自己的小豆豆长没长大，或者趴在女伴的肚子上听听有没有小孩子在里边说话。不过，若博妈妈叫我们放心，她说这都是长大后才会出现的事。

　　还有男孩子呢？他们也会生孩子吗？若博妈妈说不会，他们的肚子不会生孩子，胸前的小豆豆也不会变大。不过必须有他们，女孩子才会生孩子，所以他们叫作"爸爸"。可是，为什么必须有他们，女孩子才会生孩子呢？若博妈妈说："你们长大后就知道了，到15岁后就知道了。可是你们一定要记住我的话！记住男人女人要结婚，结婚后女人生小孩，由'妈妈'喂他长大；小孩长大还要结婚，再生儿女，一代一代地传下去！你们记住了吗？"

　　我们齐声喊："记住了！"孔茨又问了一个怪问题："若博妈妈，你说男孩胸前的小豆豆不会长大，不会流出奶汁，那我们干吗长出小豆豆呀，那不是浪费吗？"这下把若博妈妈问愣了，她摇摇脑袋说："我不知道，我的资料库中没有这个问题的答案。"若博妈妈什么都知道，这是她第一次被问住，所以我们都很佩服孔茨。

　　不过，只有我问到了最关键的问题。"若博妈妈，"我轻声地问，"那么我们真正的爸爸妈妈呢，我们有爸爸妈妈吗？"

若博妈妈背过身，透过透明墙壁看着很远的地方。"你们当然有。肯定有。他们把你们送到这儿，地球上最偏远的地方，来做生存实验。实验完成后他们就会接你们回去，回到被称作'故土'的地方。那儿有汽车（会在地上跑的房子），有电视机（小人在里边唱歌跳舞的匣子），有香喷喷的鲜花，有数不清的好东西。所以，咱们一块儿努力，早点把生存实验做完吧！"

我们住在天房里，一个巨大透明的圆形罩子从天上罩下来，用力仰起头才能看到屋顶。屋顶是圆锥形，太高，看不清楚，可是能感觉得到它。因为只有白色的云朵才能飘到尖顶的中央，如果是会下雨的黑云，最多只能爬到尖顶的周边。这时可有趣啦，黑沉沉的云层从四周挤着屋顶，只有中央部分仍是透明的蓝天和轻飘飘的白云，屋顶突然变得很小。下雨了，汹涌的水流从屋顶边缘漫下来，再顺着直立的墙壁向下流，就像是挂了一圈水帘。但屋顶处仍是阳光明媚。

天房里罩着一座孤山，一个眼睛形状的湖泊，我们叫它"眼睛湖"，其他地方是茂密的草地。山上只有松树，几乎贴着地皮生长，树干纤细扭曲，非常坚硬，枝干上挂着小小的松果。老鼠在树网下钻来钻去，有时也爬到枝干上摘松果，用圆圆的小眼睛好奇地盯着你。湖里只有一种鱼，指头那么长，圆圆的身子，我们叫它"白条儿鱼"。若博妈妈说，在我们刚生下来时，天房里有很多树，很多动物，包括天上飞的几十种小鸟，都是和我们一块儿从"故土"带来的。可是两年之间它们都死光了，如今只剩下地皮松、节节草、老鼠、竹节蛇、白条儿鱼、屎壳郎等寥寥几种生命。我们感到很可惜，特别是可惜那些能在天上飞的鸟儿，它们怎么能在天上飞呢？那多自在呀，我们想破头，也想不出鸟儿在天上飞的景象。萨布里和索朗丹增至今不相信这件事，他们说一定是若博妈妈逗我们玩的——可若博妈妈从没说过谎话。那么一定是若博妈妈看花眼了，把天上飘的树叶什么的看成了活物。

他俩还争辩说，天房外的树林里也没有会飞的东西。我说，天房内外的动植物是完全不同的，这你早就知道嘛！天房外有——可是，等等再说它们吧，若博妈妈不是让我们尽情玩吗？咱们抓紧时间玩吧！

若博妈妈说："小英子，你带大伙儿玩，我要回控制室了。"控制室是天房里唯一的房子，妈妈很少让我们进去。她在那里给我们做玛纳，还管理着一些奇形怪状的机器，是干什么"生态封闭循环"用的。她从不给我们讲这些机器，她说我们用不着知道，我们根本用不着它们。对了，若博妈妈最爱坐在控制室的后窗旁，用一架单筒望远镜看星星，看得可入迷了。可是，她看到什么，从不讲给我们听。

孩子们自动分成几拨，索朗丹增带一拨，他们要到山上逮老鼠，烤老鼠肉吃，萨布里带一拨，他们要到湖里游泳，逮白条儿鱼吃。玛纳很好吃，可是天天吃也吃腻了，有时我们会摘松果、逮老鼠和竹节蛇，换换口味。我和大川良子带一拨，有男孩，有女孩。我提议今天还是捉迷藏吧，大家都同意了。这时，有人喊我，是乔治，正向我跑来，他带的那拨人站成一排等着。

大川良子附在我耳边说："他肯定又找咱们玩土人打仗，别答应他！"乔治在我面前站住，讨好地笑着："英子姐，咱们还玩土人打仗吧，行不？要不，给你多分几个人，让你赢一次，行不？"

我摇头拒绝了："不，我们今天不玩土人打仗。"

乔治力气很大，手底下还有几个力气大的男孩，像恰恰、泰森、吉布森等，分拨打仗他老赢，我、索朗丹增、萨布里都不愿同他玩打仗。乔治央求我："英子姐，再玩一次吧，求求你啦！"

我总是心软，他可怜巴巴的样子让我无法拒绝。忽然，我想出一个主意："好，和你玩土人打仗。可是，你不在乎我多找几个人吧。"乔治高兴了，慷慨地说："不在乎！不在乎！你在我的手下里挑选吧。"

我笑着说："不用挑你的人，你去准备吧。"他兴高采烈地跑了。大川良子担心地悄声说："英子姐，咱们打不过他的，只要一打赢，他又狂啦。"

我知道乔治的毛病，不管这会儿他说得多好，一打赢他就狂得没边儿，变着法子折磨俘虏——让你爬着走路，让你当苦力，扒掉你的裙子画黑屁股。偏偏这是游戏规则允许的。我说："良子，你别担心，今天咱们一定要赢！你先带大伙儿做准备，我去找人。"

索朗丹增和萨布里正要出发，我跑过去喊住他俩："索朗、萨布里，今天别逮老鼠和捉鱼了，咱们合成一伙儿，跟乔治打仗吧。"两人还有些犹豫，我鼓动他们："你们和乔治打仗不也老输吗？今天咱们合起来，一定能把他打败，教训教训他！"

两人想了想，高兴地答应了，我们商量了打仗的方案。现在，良子已带大伙儿做好准备，拾了一堆小石子和松果当武器，装在每人的猎袋里。天房里的孩子一向光着上身，腰间围着短裙，短裙后有一个猎袋，装着匕首和火镰（火石、火绒）。玩土人打仗用不着这两样玩意儿，但若博妈妈一直严厉地要求我们随身携带。乔治和安妮有一次把匕首、火镰弄丢了，若博妈妈甚至用电鞭惩罚他们。电鞭可厉害啦，被它抽一下，就会摔倒在地，浑身抽搐，疼到骨头缝里。乔治那么蛮勇，被抽过一次后，看见电鞭就会发抖。若博妈妈总是随身带着电鞭，不过一般不用它。但那次她怒气冲冲地吼道："记住这次惩罚的滋味！记住带匕首和火镰！忘了它们，有一天你会送命的！"

我们很害怕，也很纳闷。在天房里生活，我们从没用过匕首和火镰，若博妈妈为什么这样看重它们？不过，不管怎么说，从那次起，再没有人丢失过这两样东西。即使再马虎的人，也会时时检查自己的猎袋。

我领着手下来到眼睛湖边，背靠湖岸做好准备。我给大伙儿鼓劲："不要怕，我已经安排了埋伏，今天一定能打败他们。"

按照规则，这边做好准备后，我派孔茨站到土台上喊话："凶恶的土人哪，你们快来吧！"乔治他们怪声叫着跑过来。等他们近到十几步远时，我们的石子和松果像雨点般飞了过去，有几个人的脑袋被砸中了，哎哟哎哟地喊，可他们非常蛮勇，脚下一点不停。这边几个伙伴开始发慌，我大声喊："别怕，和他们拼！援兵马上就到！"大伙儿冲过去，和乔治的手下扭作一团。

乔治没想到这次我们这样拼命，他大声吼着："杀死野人！杀死野人！"混战一场后，他的人毕竟有力气，把我们很多人都摔倒了，乔治也把我摔倒在地，用左肘压着我的胸脯，右手掏出带鞘的匕首压在我的喉咙上，得意地说："降不降？降不降？"

按平常的规矩，这时我们该投降了。不投降就会被"杀死"，那么，这一天你不能再参加任何游戏。但我高声喊着："不投降！"猛地把他掀了下去。这时，后边传来一阵凶猛的杀声，索朗丹增和萨布里带领两拨人赶到，两人收拾一个，很快把他们全降服了。索朗丹增和萨布里把乔治摔在地上，用带鞘匕首压着他的喉咙，兴高采烈地喊："降不降？降不降？"

乔治从震惊中醒过神，恼怒地喊："不算数！你们喊来这么多帮手！"

我笑道："你不是说不在乎我们人多吗？你说话不算数吗？"

乔治狂怒地甩开索朗和萨布里，从鞘中拔出匕首，恶狠狠地说："不服，我就是不服！"

索朗丹增和萨布里也被激怒了，因为游戏中不允许匕首出鞘。他们也拔出匕首，怒冲冲地说："想要赖吗？想拼命吗？来吧！"

我忙喊住他们两个，走近乔治。乔治两眼通红，咻咻地喘息着。我柔声说："乔治，不许耍赖，大伙儿会笑话你的。快投降吧，我们不会扒掉俘虏的裤子，不会给你们画黑屁股。我们只在屁股上轻轻抽一下。"

乔治犹豫了一会儿，悻悻地收起匕首，低下脑袋服输了。我用匕首砍下一根细树枝，让良子在每个俘虏屁股上轻轻抽了一下，宣布游戏结束。恰恰、吉布森他们没料到惩罚这样轻，难为情地傻笑着——他们赢时可从没轻饶过俘虏。乔治还在咕哝着："约这么多帮手，我就是不服。"不过，我们都没理他。

红红的太阳升到头顶，索朗问："下边咱们玩什么？"孔茨逗乔治："还玩土人打仗，还是三拨收拾一拨，行不？"乔治恼火地转过身，只留给他一个背影。萨布里说："咱们都去逮老鼠，捉来烤烤吃，真香！"我想了想，轻声说："我想和乔治、索朗、萨布里和良子到墙边，看看天房外边的世界。你们陪我去吗？"

几个人都垂下眼皮，一朵黑云把我们的快乐淹没了。我知道黑云里藏着什么：恐惧。我们都害怕到"外边"去，连想都不愿想。可是，从5岁开始，除了生日那天，我们每天都得出去一趟。先是出去1分钟，再是2分钟、3分钟……现在增加到15分钟。虽然只有15分钟，可那就像100年、1000年，我们总觉得，这次出去后就回不来了——的确有三个人没回来，尸体被若博妈妈埋在透明墙壁的外面，后来那些地方长出三株肥壮的大叶树。所以，从五六岁开始，天房的孩子们就知道什么是死亡，知道死亡每天在陪着我们。

我说："虽说出去过那么多次，但每次都只顾喘气啦，从没认真看外边是什么样子。可是若博妈妈说，每人必须通过外边的生存实验，谁也躲不过的。我想咱们该提前观察一下。"

索朗说："那就去吧，我们都陪你去。"

从天房的中央走到墙边，快走需两个小时。要赶快走，才能赶在晚饭前回来。我们绕过山脚，地势渐渐平缓，到处是半人高的节节草和芨芨草，偶尔可以看见一棵孤零零的松树，比山上的地皮松要高一些，但也只是刚盖过我们的头顶。草地上老鼠要少得多，大概因为这儿没有松果吃，偶尔见一只立在土坎上，抱着小小的前肢，用红色的小眼睛盯着我们。有时，还会看见一条竹节蛇嗖地钻到草丛中。

"墙"到了。

立陡陡的墙壁，直直地向上伸展，伸到眼睛看不到的高度后慢慢向里倾斜，形成圆锥状屋顶，墙壁和屋顶浑然一体，没有任何接缝。红色的阳光顺着透明的屋顶和墙壁流淌，天房内每一寸地方都沐浴在明亮的红光中。但墙壁外面不同，那里是阴森森的世界。

墙外长着完全不同的植物，最常见的是大叶树，粗壮的主干一直伸展到天空，下粗上细，从根部直到树梢都长着硕大的暗绿色叶子。大叶树间长着暗红色的蛇藤，光溜溜的，有小小的鳞状叶子。它们顺着大叶树蜿蜒，到顶端后就脱离大叶树，高高地昂起脑袋，等到与另一根蛇藤碰上，互相扭结着再往上爬，所以它们总是比大叶树还高。站在山顶上往下看，大叶树的暗绿色中到处昂着暗红色的脑袋。

大叶树和蛇藤也蛮横地占据了我们的天房，擦着墙壁或吸附其上，几乎把墙壁遮蔽了。

一节蛇藤忽然晃动起来——不是蛇藤，是一条双口蛇。我们出去做生存实验时偶尔碰见过。双口蛇的身体是鲜红色的，用一张嘴吸附在地上或咬住树干，身体自由地扭曲着，用另一张嘴吃大叶树的叶子。等到附近的树叶被吃光，再用吃东西的这张嘴吸附在地上，腾出另一张嘴向前吃过去，身体就这样一屈一拱地往前挪。现在，这条双口蛇的嘴巴碰到了墙壁，它在品尝这是什么东西，嘴巴张得大大的，露出整齐的牙齿，样子实在令人心怵。良子吓得躲到我身后，索朗不在乎地说："别怕，它是吃树叶的，不会吃人。它也没有眼睛，再说它还在墙外边呢。"

双口蛇试探了一会儿，啃不动坚硬的墙壁，便缩回身子，在枝叶中消失了。我们都盯着外面，心里沉沉的。我们并不怕双口蛇，不怕大叶树和蛇藤围出来的黑暗。我们害怕外面的空气。

那稀薄的、氧气不足的空气。

那儿的空气能把人"淹死"，无处可逃。我们张大嘴巴、张圆鼻孔用力呼吸，但是没用，仍会难以忍受地感到窒息，就像魔鬼在掐着我们的喉咙，头部剧痛，黑云从脑袋开始向全身蔓延，逼得我们把大小便拉在身上。我们无力地拍着门，乞求若博妈妈让我们进去，可是不到规定时刻她是不会开门的，三个伙伴就这样憋死在外边……

这会儿看到墙外的黑暗，那种窒息感又来了；我们不约而同地转过身，不想再看外边。其实，经过这几年的锻炼，这15分钟我们已经能熬过来了，可是每天一次呀！我们实在不想迈过那道密封门，可是好脾气的妈妈这时总扬着电鞭，凶狠地逼我们出去。

这15分钟沉沉地坠在我们心头，即使睡梦中也不会忘记。而且，这个担心的下面还挂着一个模糊的恐惧：为什么天房内外的空气不一样？这点让人心里不踏实。我不知道为什么不踏实，但我就是担心。

我逼着自己转回身，重新面对墙外的密林。那里有食物吗？有没有吃人的恶兽？外面的空气是不是到处一样？我看哪看哪，心里有止不住的忧伤。我想，在今后的日子里，一定还有什么灾难在等着我们，谁也逃脱不了。

我们5人及时赶回控制室附近，红太阳已经很低了，红月亮刚刚升起。在粉红色的暮霭中，伙伴们排成一队，从若博妈妈手里接过今天的玛纳。发玛纳时，妈妈常会摸摸我们的头顶，问问今天干了什么，过得高兴不高兴。伙伴们也会笑嘻嘻地挽住妈妈的腰，扯住她的手，同她亲热一会儿。尽管妈妈的身体又硬又凉，我们还是想挨着她。若博妈妈这时十分和蔼，一点不见手执电鞭时凶巴巴的样子。

我排在队伍后边。轮到我了，若博妈妈拍拍我的脑袋问："你今天玩土人打仗，联合索朗和萨布里把乔治打败了，对吗？"我扭头看看乔治，见他不乐意地梗着脖子，便打圆场地说："我们人多，开始是乔治占上风的。"

若博又拍拍我："好孩子，你是个好孩子，你们都是好孩子。"

玛纳分完了，我们很快把它吞到肚里。若博妈妈说："都不要走，有重要的事情要告诉大家。"我的心忽然沉了下去，我不知道她要说什么，但下午那个沉重的预感又来了。60个伙伴都聚了过来，60双眼睛在粉红色的月光下闪亮。若博妈妈的目光扫过我们每个人，严肃地说："你们已经过了10岁生日，已经是大孩子了。从明天起你们要离开天房，每7天回来一次。这7天每人只发一颗玛纳，其余食物自己寻找。"

我们都傻了，慢慢转动着脑袋，看着前后左右的伙伴。若博妈妈一定是开玩笑的，不会真把我们赶出去。7天！7天后所有的人都要憋死啦！若博妈妈，你干吗要用这么可怕的玩笑来吓唬我们呢？可是，妈妈的声音变得严厉起来："记住是7天！明天是2000年4月2日，早上太阳出来前全部出去，到4月8日早上太阳升起后再回来，早一分钟我也不会开门。"

乔治狂怒地喊："7天后我们会死光的！我不出去！"

若博妈妈冷冰冰地说："你想尝尝电鞭的滋味吗？"她摸着腰间的电鞭向乔治走去，我急忙跳起来护住乔治，乔治挺起胸膛与她对抗，但他的身体分明在发抖。我悲哀地看着若博妈妈，想起刚才有过的想法：某个灾难是我们命中注定的。我盯着她的眼睛，低声说："妈妈，我们听你的吩咐，可是——7天！"

若博妈妈垂下鞭子，叹息一声："孩子们，我不想逼你们，可是你们必须尽快通过生存实验，否则就来不及了。"

晚上，我们总是分散在眼睛湖边的草地上睡觉，今晚大伙儿没有商量，自动聚在一块儿，身体挨着身体，头顶着头。我们都害怕，睁大眼睛不睡觉。红月亮已经升到天顶，偶尔有一只小老鼠从草丛里跑过去。朴顺姬忽然把头钻到我的腋下，嘤嘤地哭了："英子姐，我害怕。"

我说不要怕，怕也没有用。若博妈妈说得对，既然能熬过15分钟，就能熬过7天。我们生下来，我们活着，就是为了这个生存实验呀，谁也逃不掉。乔治怒声说："不出去，咱们都不出去！"萨布里马上接话："可是，妈妈的电鞭……"乔治咬着牙说："把它偷过来！再用它……"

大伙儿都打了一个寒噤。在此之前，从没人想过要反抗若博妈妈，乔治这句话让我们胆战心惊。很多人仰头看着我，我知道他们在等我发话，便说："不，我想该听妈妈的话，她是为咱们好。"

乔治怒冲冲地啐一口，离开我们单独睡去了。我们都睁着眼，很久才睡着。

早上我们醒了，外边是难得的晴天，红色的朝霞在天边燃烧，蓝色的天空澄澈无比。有一段时间，我们几乎忘了昨晚的事。我们想，这么美好的日子，那种事不会发生。可是，若博妈妈在控制室等着我们，她提了一篮玛纳，腰里挂着电鞭。她喊我们："快来领玛纳，领完就出去！"

我们悲哀地走了过去，默默地领了玛纳，装在猎袋里。若博妈妈领我们走了两个小时，来到密封门口。墙外，黏糊糊的浓绿仍在紧紧地箍着透明的墙壁，黑暗在等着吞噬我们。密封门打开了，空气带着啸声向外流。若博妈妈说过，这是因为天房内空气的压力比外边大。一只小老鼠借着风力，嗖地穿过密封门，消失在绿荫中。我怜悯地想，它这么心甘情愿地往外跑，大概不知道外边的可怕吧！

所有伙伴都哀求地看着若博妈妈，祈盼她在最后一刻改变主意。可是不会的，她的脸冷冰冰的，非常严厉。我只好带头跨过密封门，伙伴们跟在后边。孔茨最后出来后，密封门唰地关闭了，啸声被截住了。

由于每天进出，门外已被踩出一片小小的空场。我们茫然地待在这个空场里，不知道下一步该往哪儿走。窒息的感觉马上来了，它挤出我们肺内最后一点氧气，扼住我们的喉咙。眼前发黑，我们张大嘴巴喘息着。忽然，朴顺姬嘶声喊着："我……受不……了啦……"

她扯着胸口，慢慢倒了下去，我和索朗赶紧俯下身。她的脸色青紫，眼珠突出，极度的恐惧充溢在瞳孔里。这是怎么回事？我们出来还不到5分钟，平时她忍受15分钟也没出意外呀。我们着急地喊着："顺姬，快吸气！大口吸气！"

没有用。她的脸色越来越紫，眼神已开始蒙眬。我急忙跑到密封门前，用力拍着："快开门！快开门！顺姬要死啦！若博妈妈，快开门！"索朗已经把顺姬抱到门边。索朗丹增是伙伴中最能适应外边空气的，若博妈妈说这是因为遗传，他的血液携氧能力比别人强。他把顺姬举到门边，可是那边并没有动静。若博妈妈像石像一样立在门内，不知道她是否听到我们的喊声。我们喊着，哭着，忽然，一股臭气冲了出来，顺姬的大小便失禁了。她的身体慢慢变冷，一双眼睛仍然圆睁着。

门还是没有开。

伙伴们立在顺姬的尸体旁垂泪，没人哭出声。我们已经知道，妈妈不会来抚慰我们。顺姬死了，不是在游戏中被杀死的，是真的死了，再也不能活过来。天房通体透明，充溢着明亮温暖的红光，衬着这红色的背景，墙壁那边的若博妈妈一动不动。天房，家，若博妈妈，这些字眼从懂事起就种在我们心里，是那样亲切。可是今天，它们一下子变得冰冷坚硬、冷酷无情。

我忍着泪说："她不会开门的，走吧，到森林里去吧。"这时，我忽然发现我们出来已经很久，绝对超过 15 分钟，可是，只顾忙着抢救顺姬和为她悲伤，几乎忘了现在是呼吸着外面的空气。我欣喜地喊："你们看，15 分钟早过去了，咱们再也不会憋死了！"

大家都欣喜地点头。虽然胸口还很闷，头昏，四肢乏力，但至少我们不会像顺姬那样死去了，顺姬很可能是死于心理紧张。确认这一点后，恐惧便没那么入骨了。大川良子轻声问我："顺姬怎么办？"

顺姬怎么办？记得若博妈妈说过，对死人的处理要有一套复杂的仪式，仪式完成后把尸体埋掉或者烧掉，这样灵魂才能远离痛苦，飞到一个流淌着奶汁和蜜糖的地方。但我不懂得埋葬死人的仪式，也不想把顺姬烧掉，那会使她疼痛的。我想了想，说："用树叶把她埋掉吧！"

我取下顺姬的猎袋，挎在肩上，吩咐伙伴砍下很多枝叶，把尸体盖得严严实实。然后我们离开了这儿，向森林走去。

大叶树和蛇藤互相缠绕，森林里十分拥挤和黑暗，几乎没法走动。我们用匕首边砍边走。我怕伙伴们走失，就喊来乔治、索朗、萨布里、娜塔莎和优素福，我说咱们还按玩游戏那样分成6队吧，每队10个人，咱们6人是队长，要随时招呼自己的手下，莫要走失。几个人爽快地答应了。我不放心，又特意交代："现在不是玩游戏，知道吗？不是玩游戏！谁在森林中丢失就会死去，再也活不过来了！"

大伙儿看看我，眼神中是驱不散的惧意。只有索朗和乔治不大在乎，他们大声说："知道了，不是玩游戏！"

当天，我们在森林里走了大约 100 步。太阳快落下去了，我们砍出一片小空场，又砍来枝叶铺在地上。红月亮开始升起来，这是每天吃饭的时刻，大家从猎袋中掏出圆圆的玛纳。我舍不得吃，我知道今后的 6 天中不会有玛纳了。犹豫了一会儿，我用匕首把玛纳分成三份，吃掉一份，将其余的小心地装回猎袋。这一块玛纳太小了，吃完后更是勾起我的饥火，真想把剩下的两块一口吞掉。不过，我终于战胜了它的诱惑。我的手下也都学我，把玛纳分成三份，可是我见三人没忍住，又悄悄把剩下的两块吃了。我叹了口气，没有管他们。

这是我们第一次在天房之外过夜。在天房里睡觉时，我们知道天房在护着我们，为我们遮挡雨水，为我们提供充足的空气，还有人给我们制造玛纳。可是，忽然之间，这些依靠全没了。尽管很疲乏，我还是惴惴地睡不着，越睡不着越觉得肚里饿。索朗忽然戳戳我："你看！"

借着从树叶缝隙透出来的月光，我看见十几条双口蛇盘踞在周围。白天，当我们闹腾着砍树开路时，它们都惊跑了，现在又好奇地聚了过来。它们把两只嘴巴吸附在地上，身子弯成弧形，安静地听着宿营地的动静。索朗小声说："明天捉双口蛇吃吧，我曾吃过一条小蛇崽，肉发苦，不过也能吃。"

我问："能逮住吗？双口蛇没眼睛，可耳朵很灵。还有它们的大嘴巴和利牙，咬一口可不得了。"索朗自信地说："没事，想想办法，一定能逮住的。"孔茨醒了，仰起头惊叫道：

"这么多双口蛇！英子姐，你看！"双口蛇受惊，四散逃走，身体一屈一拱，一屈一拱，很快便消失在密林中。

天亮了，阳光透过茂密的枝叶射下来，变得十分微弱。林中阴冷潮湿，伙伴们个个缩紧身体，挤成一团。索朗丹增紧靠着我的脊背，一只手臂还搭在我的身上。我挪开他的手臂，坐起身。顺着昨天开出的路，我看见了天房——在那里，早晨的阳光充满密封的空间，透明的墙壁和屋顶闪着红光。我呆呆地望着，忘了对若博妈妈的恼怒，巴不得马上回到她身边。

但我知道，不到7天，她不会为我们开门的，哪怕我们全死在门外。想到这里，我不由得怨恨起来。

我喊醒乔治他们，说："今天得赶紧找食物，好多人已经把玛纳吃光了，还有6天呢。我和娜塔莎领两队去采果实，乔治、索朗你们带四个队去捉双口蛇，如果能捉住一条，够我们吃三四天的。"大伙儿同意我的安排，分头出发。

森林中只有大叶树和蛇藤，枝叶都不能吃，又苦又涩，我尝了几次，忍不住吐出来。它们有果实吗？良子发现，树的半腰挂着一嘟噜一嘟噜的圆球，我让大伙儿等着，向树上爬去。大叶树树干很粗，没法抱住，好在这种树从根部就有分杈，我蹬着树杈，小心地向上爬。稀薄缺氧的空气使我的四肢酥软，每爬一步都要使出很大的力气。我越爬越高，树叶遮住了下面的同伴。斜刺里伸来一枝蛇藤，绕着大叶树盘旋上升，我抓住蛇藤喘息了一会儿，再往上爬。现在，一串串圆圆的果实悬在我的脸前，我在蛇藤上盘住腿，抽出匕首砍下一串，小心地尝了尝。味道也有点发苦，但总的说来还能吃。我贪馋地吃了几颗，觉得肚子里的饥火没那么炽烈了。

我呼喊伙伴们："注意，我要扔大叶果了！"我砍下果实，瞅着树叶缝隙扔了下去。过一会儿，听见树底下高兴的喊声，他们已尝到大叶果的味道了。一棵大叶树有十几串果实，够我们每人分一串。

我顺着蛇藤往下溜，大口喘息着。有两串大叶果卡在树杈上，我探着身子把它们取了下来。伙伴们仰脸看着我。快到树下，我实在没力气了，手一松，顺着树干溜了下去，结结实实地摔在地上。等我从昏迷中醒来，听见伙伴们焦急地喊："英子姐，英子姐！英子姐，你醒啦！"

我撑起身子，伙伴们团团围住我。我问："大叶果好吃吗？"大伙儿摇着头："比玛纳差远啦，不过总算能吃吧！"我说："快去采摘，乔治他们不一定能捉到双口蛇。"

到了下午，每人的猎袋都塞满了。我带伙伴们选了一小块空旷干燥的地方，砍来枝叶铺出一个窝铺，然后让孔茨去喊其他队回来。孔茨爬到一棵大树上，用匕首拍着树干，高声吆喝："伙伴——回来哟——玛纳——备好喽——"

过了半个小时，那几队人从密林中钻了出来，个个疲惫不堪，垂头丧气，手里空空的。我知道他们今天失败了，怕他们难过，忙笑着迎过去。乔治烦闷地说，没一点收获，双口蛇太机警，稍有动静它们就逃得不见影。他们转了一天，只围住一条双口蛇，但在最后当口儿又让它逃跑了。索朗骂着："这些瞎眼的东西，比明眼人还鬼精灵呢。"

我安慰他们："不要紧，我们采了好多大叶果，足够你们吃啦。"孔茨把大叶果分成四十份，每人一份。乔治、索朗他们都饿坏了，大口大口地吃着。我仰着头想心事，刚才乔治讲双口蛇这么机灵，勾起了我的担心。等他们吃完，我把乔治和索朗叫到一边，小声问："你们还看到别的什么野兽了吗？"他们说："没看见，英子姐你在担心什么？"

我说："是我瞎猜呗。我想双口蛇这么警惕，大概它们有危险的敌人。"两人的脸色也变了："不管怎么样，以后咱们得更加小心。"

大家都乏透了，早早睡下。不过，我一直睡不安稳，胸口像压着大石头，骨头缝里又酸又疼。我梦见朴顺姬来了，用力把我推醒，恐惧地指着外边，喉咙里嘶声响着，却喊不出来。远处的黑暗中有双绿莹莹的眼睛，在悄悄逼近……我猛然坐起身，梦境散了，朴顺姬和绿眼睛都消失了。

我想起可怜的顺姬，泪水不由得涌出来。

身边有动静，是乔治，他也没睡着，枕着双臂想心事。我说："乔治，我刚才梦见了顺姬。"乔治闷声说："英子姐，你不该护着若博妈妈，真该把她……"

我苦笑着说："我不是护着她。你能降住她吗？即使你能降住她，你能管理天房吗？能管理那个'生态封闭循环系统'吗？能为伙伴们制造玛纳吗？"

乔治低下头，不吭声了。

"再说，我也不相信若博妈妈是在害我们。她把咱们60个人养大，多不容易呀，干吗要害咱们呢？她是想让咱们早点通过生存实验，早点回家。"

乔治肯定不服气，不过没有反驳。但我忽然想起顺姬窒息而死时透明墙内若博妈妈那冷冰冰的身影，不禁打了一个冷战。即使为了逼我们早点通过生存实验，她也不该这么冷酷啊！也许……我赶紧驱走这个想法，问乔治："乔治，你想早点回'故土'吗？那儿一定非常美好，天上有鸟，地上有汽车，有电视，有长着大乳房的妈妈，还有不长乳房可同样亲我们的爸爸，有高高的松树、鲜艳的花，有各种各样的玛纳……而且没有天房的禁锢，可以到处跑到处玩。我真想早点回家！"

索朗、良子他们都醒了，向往地听着我的话。乔治刻薄地说："全是屁话，那是若博妈妈哄我们的。我根本不信有这么好的地方。"

我知道乔治心里烦，故意别劲，便笑笑说："你不信，我信。睡吧，也许几天后我们就能通过生存实验，真正的爸妈就会来接咱们。那该多美呀！"

第二天，我们照样分头去采大叶果和捉双口蛇。晚上乔治他们回来后比昨天更疲惫、更丧气。他们发疯地跑了一天，很多人身上都挂着血痕，可是依然两手空空。好强的乔治简直没脸吃他的那份大叶果，脸色阴沉，眼中充满怒火，他的手下都胆怯地躲着他。我十分担心，如果捉不到双口蛇，单单大叶果的营养毕竟有限，常常吃完就饿，老拉稀。谁知道妈妈的生存实验要延续多少轮？59个人的口粮呀。不过，我把担心藏在心底，高高兴兴地说："快吃吧，说不定明天就能吃到烤蛇肉了！"

第三天仍是扑空，第四天我决定跟乔治他们一块儿行动。很幸运，我们很快捉到一条双口蛇，但我没想到搏斗是那样惨烈。

我们把四队人马撒成大网，朝一个预定的地方慢慢包抄。我瞥见一条双口蛇在枝叶缝隙里一闪，迅即消失了。不过不要紧，索朗他们在另外几个方向等着呢。我们不停地敲打树干，也听到另外三个方向的敲击声。包围圈慢慢缩小，忽然听到了剧烈的扑通声，夹杂着吱吱的尖叫。叫声十分刺耳，让人头皮发麻。乔治看看我，加快行进速度。他拨开前面的树叶，忽然呆住了。

前边一个小空场里有一条巨大的双口蛇，身体有人腰那么粗，三四个人那么长，我们从没见过这么大的双口蛇。但这会儿它正在垂死挣扎，身上到处是伤口，流着暗蓝色的血液。它疯狂地摆动着两个脑袋，动作敏捷地向外逃跑，可是每次都被一个更快的黑影截回来。我们看清了那个黑影，那是只老鼠！当然不是天房内的小老鼠，它的身体比我们还大，尖嘴，粗硬的胡须，一双圆眼睛闪着阴冷的光。虽然它这么巨大，但相貌分明是老鼠，这没任何疑问。也许是几年前从天房里跑出来的老鼠长大了？这不奇怪，有这么多双口蛇供它吃，还能不长大吗？

巨鼠也看到我们，但根本不屑理会，仍旧蹲伏在那儿，守着双口蛇逃跑的路。双口蛇只要向外一蹿，它马上以更快的速度扑上去，在蛇身上撕下一块肉，再退回原处，一边等待，一边慢条斯理地咀嚼。它的速度、力量和狡猾都远远高于双口蛇，所以双口蛇根本没有逃生的机会。乔治紧张地对我低声说："咱们把巨鼠赶走，把蛇抢过来，行不？够咱们吃四天啦。"

我担心地望了望阴险强悍的巨鼠，小声说："打得过它吗？"乔治说："我们40个人呢，一定打得过！"双口蛇终于耗尽了力气，瘫在地上抽搐着，巨鼠踱步过去，开始享用它的美餐。它是那么傲慢，根本不把四周的人群放在眼里。

三个方向的敲击声越来越近，索朗他们都露出头，是进攻的时候了。这时，一件意外的小事促使我们下决心。一只小老鼠溜了过来，东嗅嗅西嗅嗅，看来是想分点食物。这是只普通的老鼠，也许就是三天前才从天房里逃出的那只。但巨鼠一点不怜惜同类，闪电般扑过来，一口咬住小老鼠，咔嚓咔嚓地嚼起来。这种对同类的残忍彻底激怒了乔治，他大声吼道："打呀！打呀！索朗、萨布里，快打呀！"40个人冲过去，团团围住巨鼠，巨鼠的小眼睛里露出一丝胆怯，它放下食物，吱吱地怒叫着与我们对抗。忽然，它向孔茨扑过去，咬住孔茨的右臂，孔茨惨叫一声，匕首掉在地上。它把孔茨扑倒，敏捷地咬住他的脖子。我尖叫一声，乔治怒吼着扑了过去。把匕首扎到巨鼠背上。索朗他们也扑上去。经过一场惨烈的搏斗，巨鼠逃走了，背上还插着那把匕首，血淌了一路。

我把孔茨抱到怀里，他的喉咙上有几个深深的牙印，向外淌着鲜血。我用手捂住伤口，哭喊着："孔茨！孔茨！"他慢慢睁开无神的眼睛，想对我笑一下，可是牵动了伤口，他又晕了过去。

那条巨大的双口蛇躺在地上，但我一点也不快乐。乔治也受伤了，左臂上有两排牙印。我们砍下枝叶，铺好窝铺，把孔茨抬过去。萨布里他们捡干树枝，索朗带人切割蛇肉。生火费了很大的劲，尽管每人都能熟练地使用火镰，但这儿不比天房内，稀薄的空气老是令火舌窒息。不过，火总算生起来了，我们用匕首挑着蛇肉烤熟。也许是因为饿极了，蛇肉虽然有股怪味，但每个人都吃得津津有味。

我把最好的一串烤肉送给孔茨，他艰难地咀嚼着，轻声说："不要紧，我很快会好的……我很快会好的，对吗？"

我忍着泪说："对，你很快会好的。"

乔治闷闷地守着孔茨，我知道他心里难过，他没有杀死巨鼠，匕首也让巨鼠带走了。我从猎袋里摸出顺姬的匕首递给他，安慰道："乔治，今天多亏你救了孔茨，又逮住这么大的双口蛇。去，烤肉去吧。"

深夜，孔茨开始发烧，身体像着了火，喃喃地喊着："水，水。"可是我们没有水。大川良子和娜塔莎把剩下的大叶果挤碎，挤出了那么一点点汁液，摸索着滴到孔茨嘴里。周围是深深的黑暗，黑得就像世界已经消失，只剩下我们浮在半空中。我们顺着来路向后看，已经太远了，看不到天房，那个总是充盈着红光的温馨的天房。黑夜是那样漫长，我们在黑暗中沉呀沉呀，总沉不到底。

孔茨折腾一夜，好容易才睡着。我们也疲惫不堪地睡去。

有人喊喊喳喳地说话，把我弄醒了。天已经大亮，红色的阳光透过密林，在我们身上洒下一个个光斑。我赶紧转身去看孔茨，盼望着这一觉之后他会好转。可是没有，他的病更重了，身体烫人，眼睛紧闭，怎么喊也没有反应。我知道是那只巨鼠把什么细菌传给他了，若博妈妈曾说过，土里、水里和空气里到处都有细菌，谁也看不见，但它能使人得病。乔治也病了，左臂红肿发热，但病情比孔茨轻得多。我默默思索了一会儿，对大家说："今天是第 5 天，食物已经够吃两天了，我们开始返回吧。但愿……"

　　但愿若博妈妈能提前放我们进天房，用她神奇的药片为孔茨和乔治治病。但我知道这是空想，妈妈的话从没有更改过。我把蛇肉分给各人，大家把肉装在猎袋里，索朗、恰恰、吉布森几个力气大的男孩轮流背孔茨，59 人的队伍缓慢地返回。

　　有了来时开辟的路，回程容易多了。太阳快落时我们赶到密封门前，几个女孩抢先跑了过去，用力拍门："若博妈妈，孔茨快死了，乔治也病了，快开门吧。"她们带着哭声喊着，但门内没一点声响，连若博妈妈的身影也没出现。

　　小伙伴们跑了回来，哭着告诉我："若博妈妈不开门！"我悲哀地注视着大门，连愤怒都没力气了。实际上，我早料到这种结果，但我那时仍抱着万分之一的希望。伙伴们问我怎么办，索朗、萨布里怒气冲冲，更不用说乔治了，他的眼睛冒火，几乎能把密封门烧穿。我疲倦地说："在这儿休息吧，收拾好睡觉的窝铺，等到后天早上吧！"

　　伙伴们恨恨地散开。有了这几天的经验，一切都有条不紊地进行。蛇肉烤好了，但孔茨紧咬嘴唇，我们再三劝说他也不吃。我想起猎袋里还有两小块玛纳，掏出来放到孔茨嘴边，柔声劝道："吃点吧，这是玛纳呀。"孔茨肯定听见了我的劝告，慢慢张开嘴，我把玛纳掰碎，慢慢塞进他嘴里。他艰难地嚼着，吃了半个玛纳。

　　我们迎来了日出，又迎来了月出。第 7 天的凌晨，在太阳出来之前，孔茨咽下最后一口气。他在濒死前喘息时，乔治冲到密封门前，用匕首狠狠地砍着门，暴怒地吼道："快开门！你这个硬邦邦的魔鬼，快开门！"

透明的密封门十分坚硬，匕首在上面滑来滑去，没留下一点刻痕。我和大川良子赶快跑去，好说歹说才把他拉回来。

孔茨咽气了，不再受苦了，现在他的表情十分安详。58个小伙伴都没有睡，默默团坐在尸体周围，我不知道他们的内心是悲伤还是仇恨。当天房的尖顶接受第一缕阳光时，乔治忽然坚定地说："我要杀了她。"

我担心地看看门那边——不知道若博妈妈能否听到外边的谈话——小心地说："可是，她是铁做的身体。她可能不会死的。"

乔治恶毒且得意地说："她会死的，她可不是不死之身。我一直在观察她，知道她怕水，从不敢到湖里，也不敢到天房外淋雨。她每天还要更换能量块，没有能量她就死啦！"

他用锋利的目光盯着我，分明是在询问：你还要护着她吗？我叹息着垂下目光。我真不愿相信妈妈在戕害我们，她是为我们好，是为了让我们早点通过生存实验……可是，她竟然忍心让朴顺姬和孔茨死在她的眼前，这是我无法为她辩解的。我再次叹息着，附在乔治耳边说："不许轻举妄动！等我学会控制室的一切，你再……听见了吗？"

乔治高兴了，用力点头。

密封门缓缓打开，刺刺的气流声响了起来。我们听见若博妈妈大声喊着："进来吧，把孔茨的尸体留在外面，用树枝掩埋好。"

原来，她确实在天房内观察着孔茨的死亡！就在这一刻，我心中对她的最后一点依恋咔嚓一声断了。我取下孔茨的猎袋，指挥大家掩埋了尸体，然后将恨意咬碎在牙关后，随大家进门。若博在门口迎接我们。我说："妈妈，我没带好大家，死了两个伙伴。不过，我们已学会采摘果实和猎取双口蛇。"

妈妈亲切地说："你们干得不错，不要难过，死人的事是免不了的。乔治，过来，我为你上药。"

乔治微笑着过去，顺从地敷药、吃药，还天真地问："妈妈，吃了这药，我就不会像孔茨那样死去了，对吧？"

"对，你很快就会痊愈。"

"谢谢你，若博妈妈，要是孔茨昨晚能吃到药片，该多好啊！"

若博妈妈给每人做了身体检查，凡有外伤的都被敷上了药。晚上分发玛纳时，她宣布："你们在天房里好好休养三天，三天后还要出去锻炼，这次锻炼为期 30 天！"刚刚缓和下来的空气马上凝固了。伙伴们你看看我、我看看你，目光中尽是惧怕和仇恨。乔治天真地问："若博妈妈，这次是 30 天，下次是几天？"

"也许是一年。"

"若博妈妈，上次我们出去 60 个人，回来 58 个。你猜猜，下次回来会是几个人？下下次呢？"

谁都能听出他话中的恶毒，但若博妈妈假装没听出来，仍然亲切地说："你们已基本适应了外面的环境，我希望下次回来还是 58 个人，一个也不少。"

"谢谢你的祝福，若博妈妈。"

吃过玛纳，我们像往常一样玩耍，谁也不提这事。睡觉时，乔治挤到我身边睡下。他没有和我交谈，一直瞪着天房顶上的星空。红月亮上来了，给我们盖上一层红色的柔光。等别人睡熟后，乔治摸到我的手，掰开，在手心慢慢画着。他画的第一个字母是 K，然后在月光中看着我，我点点头表示理解。他又画了第二个字母——I，接着是 L，L。KILL！他要把杀死若博的想法付诸行动！他严厉地看着我，等我回答。

我真不知道该怎么办。若博这些天的残忍已激起我强烈的敌意，但她的形象仍保留着过去的一些温暖。她抚养我们一群孩子，给我们制造玛纳，教我们识字、算算术，为我们治病，给我们讲很多地球那边的故事。我不敢想象自己真的会杀她。这不光涉及对她一个人的感情，在我内心深处一直有一个不甚明确的看法：若博妈妈代表着地球那边同我们的联系，她一死，这条唯一的联系就全断了！

　　乔治看出我的犹豫，生气地在我手心画了一个惊叹号。我知道他已下定决心，不会更改，而且他不是一个人，他代表着索朗丹增、萨布里、恰恰、泰森等，甚至还有女孩子们。我心里激烈地斗争着，拉过乔治的手写道："等我一天。"

　　乔治理解了，点点头，翻过身。我们就这样不声不响地看着夜空，想着各自的心事。深夜，我已蒙眬入睡，一只手摸摸索索地把我惊醒。是乔治，他把我的手握到他的手心里，然后慢慢凑过来，亲亲我的嘴唇。很奇怪，一团火焰忽然烧遍我的全身，麻酥酥的快感从嘴唇射向大脑。我几乎没有考虑，嘴唇自动凑过去，乔治猛地搂住我，发疯地亲起来。

　　在一阵阵快乐的震颤中，我想，也许这就是若博妈妈讲过的男女之爱？也许乔治吻过我以后，我肚子里就会长出一个小孩，而乔治就是他的爸爸？这个想法让我有点胆怯，我努力把乔治从怀中推出去。乔治服从了，翻过身睡觉，但他仍紧紧拉着我的右手。我抽了两次没抽出来，也就由他了。

　　第二天早上醒来，我的手还在他的掌中。因为有了昨天的初吻，我觉得和乔治更亲密了。我抽出右手，乔治醒了，马上又抓住我的手，在手心中重写了昨天的四个字母：KILL！他在提醒我不要忘了昨晚的许诺。

　　伙伴们开始分拨玩耍，毕竟是孩子啊，他们要抓紧时间享受今天的乐趣。但我觉得自己长大了，作为大伙儿的头头儿，一份沉甸甸的责任压在我的身上，这份责任让我大了 20 岁。

我敲响控制室的门，心中免不了内疚。在 60 个孩子中，若博妈妈最疼爱我，现在我要利用这份偏爱去刺探她的秘密。妈妈打开门，询问地看看我，我忙说："若博妈妈，我想对你说一件事，不想让别人知道。"

妈妈点点头，让我进屋，把门关上。我很少来控制室，早年来过两三次，已经没有什么印象了。控制室里尽是硬邦邦的东西，很多粗管道通到外边，几台机器蜷伏在地上。后窗开着，有一架单筒望远镜，那是若博妈妈终日不离的宝贝。这边有一张控制台，嵌着一排排红绿按钮，我扫了一眼，最大的三个按钮下写着："空气压力 / 成分控制""温度控制""玛纳制造"。

怕若博妈妈起疑，我不敢看得太贪婪，忙从那儿收回目光。若博妈妈亲切地看着我——令我痛苦的是，她的亲切里看不出一点虚假——问："小英子，有什么事？"

"若博妈妈，有一个想法在我心中很久很久了，早就想找你问问。"

"什么想法？"

"若博妈妈，你常说我们是在地球上最偏远的地方，可是这儿真的是在地球上吗？"

若博妈妈仔细地看着我："哟，这可是个新想法。你怎么有了这个想法？"

"我看到一些蛛丝马迹，它们一点点加深了我的怀疑。比如，天房内外的东西明显不一样，树木呀，草呀，动物呀，空气呀。打开密封门时，空气会刺刺地往外跑，你说是因为天房内的气压比外边高，还说天房内的一切和地球那边是一样的。那么，地球那边的气压也比这儿高吗？它们为什么不刺刺地往这边跑？"

"真是新奇的想法。还有吗？"

"还有，你给我们念书时，曾提到'金色的阳光''洁白的月光'，可是，这儿的太阳和月亮都是红色的。为什么？这边和那边不是一个太阳和月亮吗？"

"噢，还有什么？"

"你说过，一个月的长短大致等于从满月经新月到满月的一个循环。可是，根本不是这样！在这儿，满月到满月只有16天，可是在你的日历上，一个月有30天、31天。若博妈妈，这是为什么？"

我充满期待地看着她。我提出这个问题原本是想转移她的注意力，好乘机开始我的侦察，但现在这个问题真的把我吸引住了。因为，这个疑问本来就埋在心底，当我用语言表达出来后，它变得更加清晰。若博妈妈静静地看着我，很久没有回答，后来她说："你真的长大了，能够思考了。但是很遗憾，你提的问题在我的资料库里没有现成答案。等我想想再回答你吧。"

"好吧，"我也转移话题，指着望远镜问，"若博妈妈，你每天看星星，为什么从不给我们讲星星的知识呢？"

"这些知识对你们用处不大。世上知识太多了，我只能讲最有用的。"

我扫视一下四周："若博妈妈，为什么不教会我用这些机器？这最实用嘛，我能帮你多干点活儿啦！"

我想，这个大胆的要求肯定会激起她的怀疑，但似乎没有，她叹口气说："这也是没用的知识，不过，你有兴趣，我就教你吧。"

我绝没想到我的阴谋会这样顺利。若博妈妈用一整天的时间，耐心讲解屋内的一切：如何控制天房内的氧气含量、气压和温度，如何操纵生态循环系统并制造食用的玛纳，如何开启和关闭密封门，如何使用药物……下午，她还让我实际操作，制造今天要用的玛纳。其实操作相当简单，在写着"玛纳制造"的那排键盘中，按下启动钮，生态循环系统中净化过的水、二氧化碳和其他成分就会进入制造机，一个个圆圆的玛纳便从出口滚了出来。等到滚出 58 个，按一下停止钮就行了。我兴奋地说："我学会了！妈妈，制造玛纳这么容易，为什么不多造一些呢？为什么让我们那么艰难地出去找食物呢？"

若博笑笑，没回答我的问题，只是说："今天是你制造的玛纳，你给大伙儿分发吧！"

我站在若博妈妈常站的土台上，向排队经过的伙伴分发玛纳，大伙儿都新奇地看着我，我一边发，一边骄傲地说："是我制造的玛纳，若博妈妈教会我了。"

乔治过来了，我同样告诉他："我会制造玛纳了。"乔治点点头，重复一遍："你会制造玛纳了。"

我忽然打了一个寒战。我悟到，两人在说同一句话，但这句话的深层含义却不同。晚上，乔治悄悄拉上我，向孤山上爬去。今天月色不好，一路上磕磕绊绊，走得相当艰难。终于到了。他领我走进山腰处的一个山洞，里面已经有五六个伙伴，我贴近他们的脸，辨认出是索朗、萨布里、恰恰、娜塔莎和良子。我的心开始往下沉，知道这次秘密会议意味着什么。

乔治沉声说："我们的计划应该实施了，英子姐已经学会制造玛纳，学会控制天房内的空气循环系统。该动手了，要不，等若博再把我们赶出去30天，说不定一半人会死在外边。"

大家都看着我，他们一向喜欢我，把我看作他们的头头儿。现在我才知道，这副担子对一个10岁的孩子来说太重了。我难过地说："乔治，难道没有别的路可走吗？今天若博妈妈把所有控制方法都教给我了，一点也没有疑心。如果她怀着恶意，会这样干吗？"

良子也难过地说："我也不忍心。若博妈妈把我们带大，给我们讲地球那边的故事……"

恰恰愤怒地说："你忘了朴顺姬和孔茨是怎么死的！"

索朗丹增也说："我实在不能忍受了！"

乔治倒比他们镇静，摆摆手制止住他们，问我："英子姐，你说怎么办？你能劝动若博妈妈，不再赶咱们出去吗？"

我犹豫着，想到朴顺姬和孔茨濒死时若博的无情，知道自己很难劝动她。想到这些，我心中的仇恨也烧旺了。我咬着牙说："好吧，再等我一天，如果明天我劝不动她，你们就……"

乔治一拳砸在石壁上："好，就这么定！"

第二天，没等我去找若博妈妈，她就把我喊去了。她说既然你已开始学，那就趁这两天学透吧，也许有用呢！她耐心地又从头教一遍，让我逐项试着操作。但我却有点心不在焉，盘算着如何劝动妈妈。我知道没有退路了，今天如果劝不动妈妈，一场血腥的屠杀就在面前，或者是若博死，或者是乔治他们。

下午，若博妈妈说："行了，你已经全部掌握，可以出去玩了。小英子，你是个好孩子，比所有人都知道操心，你会成为一个好头人的。"

我趁机说："若博妈妈，不要赶我们出去，好吗？至少不要让我们出去那么长时间，顺姬和孔茨死了，不知道下回轮到谁。天房里有充足的空气，有充足的玛纳。生存实验得慢慢来。行吗？"

妈妈平静地说："不，生存实验一定要加快进行。"

她的话非常决绝，没有任何回旋的余地。我望着她，泪水一下子盈满眼眶。妈妈，从你说出这句话后，我们就成为敌人了！若博妈妈似乎没看见我的眼泪，淡然地说："这件事不要再提，出去玩吧，去吧。"我沉默着，勉强离开她。忽然，吉布森飞快地跑来，远远地就喊着："若博妈妈，快，乔治和索朗用匕首打架，是真的用刀。有人已受伤了！"

若博妈妈急忙向那边跑去，我跟在后边。湖边乱糟糟的，几乎所有孩子都在这儿，人群中，索朗和乔治都握着出鞘的匕首，恶狠狠地挥舞着，脸上和身上血迹斑斑。若博妈妈解下腰间的电鞭，怒吼着"停下！停下！"，便挥舞着电鞭冲了过去。人群立即散开，等她走过去，人群又飞快地在她身后合拢。

我忽然从打斗中闻到一种诡异的味道，扭过头，见吉布森得意而诡异地笑着。那一刹那，我明白了，我想大声喊：若博妈妈快回来，他们要杀死你！可是，想起我对大伙儿的承诺，想想妈妈的残忍，我把这句话咽回肚里。

那边，乔治忽然吹响尖厉的口哨，后边合围的人群轰然一声，向若博妈妈拥去。前边的人群应声闪开，露出后面的湖面。若博来不及收住脚步，被人群推到湖中，扑通一声，水花四溅，她的钢铁身体很快沉入清澈的水中。

我走过去，扒开人群，乔治、索朗他们正充满戒备地望着湖底，看见我，默默地让开了。我看见若博妈妈躺在水底，一道道小火花在身上闪烁，眼睛惊异地睁着，一动也不动。我闷声说："你们为什么不等我的通知？——不过，不说这些了。"

乔治冷冷地问："你劝动她了吗？"我摇摇头。乔治冷笑道："我没有等你，我早料到结果啦。"

在很长时间里，我们就这么呆呆地望着湖底，体味着如释重负的感觉，当然也有隐约的负罪感。索朗问我："你学会全部控制了吗？"我点点头。索朗说："好，再也不用出去受苦了！"

吉布森问："现在该咋办？我看得选一个头人。"

索朗、萨布里和良子都同声说："英子姐！英子姐是咱们的头人。"但恰恰和吉布森反驳道："选乔治！乔治领咱们除掉了若博。"

乔治两眼灼灼地望着我，看来他想当首领。我疲倦地说："选乔治当头人吧，我累了，早就觉得这副担子太重了。"

乔治一点没推辞："好，以后干什么我都会和英子姐商量的。英子姐，明天的生存实验取消，行吗？"

"好吧！"

"现在请你去制造今天的玛纳，好吗？"

"好的。"

"从今天起给每人每天做两个，好吗？"

我没有回答。让伙伴每天多吃一个玛纳，这算不了什么，但我本能地感到这中间有某种东西——乔治正用这种办法树立自己的威信。不过，我不必回答了，因为水里忽然呼啦一声，若博妈妈满面怒容地立了起来，体内噼噼啪啪地响着火花，动作也不稳，但她还是轻而易举地跨到乔治面前，卡住他的喉咙，把他举了起来。孩子们都吓傻了，索朗、恰恰几个人扑过去想救乔治，若博电鞭一挥，几个人全倒在地上抽搐着。乔治抱住妈妈的手臂，用力踢蹬着，脸色越来越紫，眼珠开始暴突出来。我没有犹豫，疾步跑过去扯住妈妈的手臂，悲切地喊："若博妈妈！"

妈妈看看我，怒容慢慢消融，眼睛里有一种说不清道不明的东西。最终，她痛苦地叹息一声，把乔治扔到地上。乔治用手护着喉咙，剧烈地咳嗽着，脸色渐渐恢复。索朗几个人爬起来，蓄势以待，又惧又怒地瞪着妈妈。妈妈悲怆地呆立着，身上的水在脚下汪成一摊。然后，她头也不回地走出人群，向控制室方向走去。走前，她冰冷地说："小英子过来。"

乔治他们疑虑地看着我，我知道，我们之间的信任已经有裂痕了。我该怎么办？在势如水火的妈妈和乔治他们之间，我该怎么办？我想了想，走到乔治身边，轻轻抚摸他受伤的喉咙，低声说："相信我，等我回来，好吗？"

乔治的喉咙还没办法讲话，他咳着，向我点点头。

我紧赶几步，扶住行走不稳的若博妈妈。我无法排解内疚，因为我也是谋害她的同谋犯，但我又觉得，乔治对她的反抗是正当的。妈妈的身体越来越重，进了控制室，她马上顺墙溜了下去，坐在地上。她摇摇手指，示意我关上门，让我坐在她旁边。

我不敢直视她。我怕她追问：你事先知道他们的密谋，对吗？你这两天来学习控制室的操作，就是在为杀死我做准备，对吗？但若博妈妈什么也没问，喘息一会儿，平静地说："我的职责到头了。"

"我的职责到头了。"她重复着，"现在我要对你交代一些后事，你要一件件记清。"

我言不由衷地安慰她："你不会死，你很快会好的。"

她怒冲冲地说："不要说闲话！听好，我要交代了。你要记住、记牢，30年、50年都不能忘记。"

我用力点头，虽然心里免不了疑惑。妈妈开始说："第一件事，这里确实不是地球。"

虽然这正是我的猜想，但乍一听到她的确认，我仍然十分震惊："不是地球？这儿是什么地方？"

"不知道。我每天都在看星图，想利用资料库中的天文资料确认所处的星系。但是不行，这儿与资料库中任何星系都对不上号。所以，这个星球离地球一定很远很远。它的环境倒是与地球很接近的，公转、自转、卫星、大气、绿色植物……这种机遇非常难得。我估计，它与地球至少相距一亿光年。"

我无法想象一亿光年是多么巨大的数字，但我知道那一定非常非常远，地球的父母们永远不会来看我们了。此前，虽然他们从未露面，但一直是我们的心理依靠，若博妈妈的这番话把这点希望彻底割断了。

"第二件事，我一直扮演着全知全晓的妈妈，其实我也什么都不知道。我几乎和你们同时醒来，醒来时，63 个孩子躺在天房里，每人身上挂着名字和出生时刻。我不知道你们和我自己是从哪里来的，是谁送来的，我只能按信息库的内容去猜测。信息库是以地球为模板建立的，设定时间是公元 1990 年 4 月 1日。我的设定任务是照顾你们，让你们在一代人的时间中通过生存实验，在这个星球生存繁衍。这些年，我一直在履行这项设定的任务。"

我悲哀地看着她，第二个心理依靠又被无情地割断了。原来，我心目中全知全晓的妈妈只是一个低级机器人，知识和功能都很有限。我阴郁地问："是地球上的父母把我们抛弃到这儿？"

她摇摇头："不大像。在我的资料库中，地球还不能制造跨星系飞船，不能跨越这么远的宇宙空间。很可能是……"

"是谁？"

若博妈妈改变了主意："不知道，你们自己慢慢猜测吧！"

我的心越来越凉，血液结成冰，冰在咔嚓咔嚓地碎裂。我们是一群无根的孩子，父母可能在一亿光年外，甚至可能已经灭绝。现在，只有 58 个 10 岁的孩子被孤零零地扔在一个不知名的行星上，照顾他们的是一个什么都不知道的机器人妈妈——

连她也可能活不长了。这些事实太可怕了，就像是一座慢慢向你倒过来的大山，很慢很慢，可是你又逃不掉。

我哭着喊："妈妈你不要说了，妈妈你不会死的！"

她厉声说："听着！我还没有说完。知道为什么逼你们到天房外面去吗？不久前，我检查系统时发现，天房的能量马上就要枯竭了，只能维持不到 10 天了。为什么我不知道。资料库中设定的天房运转年限是 60 年，那样，我可以用一生的时间来训练你们，逐步熟悉外边。可是……我真的不知道为什么会这样！"她沉痛地说："这些天我一直在尽力检查，但找不到原因。你知道，我只是一个粗通各种操作的保姆。"

我悲伤地看着妈妈，原来妈妈的残忍是为了我们啊！事态这样紧急，她知道只有彻底斩断后路，我们才能没有依恋地向前走。妈妈，我们错怪你了，你为什么不早点告诉我们呢？我握着妈妈冰凉的手，泪水汹涌地流着。

妈妈平静地说："我的职责已经到头了，本来还能让你们再回来休整一次，再给你们做三天的玛纳。现在……天房内的运转很快就要关闭，小英子，忘掉这儿，领着他们出去闯吧！"

"妈妈，我们要和你在一起！……我们带你一块儿出去！"

妈妈苦笑着："不行，妈妈吃的是电能，在这个蛮荒星球上找不到电能……去吧，这些年我一直在观察你，你心眼儿好，有威信，会成为一个好头人，只是，在必要时也得使出霹雳手段。把我的电鞭拿去吧。"

她解下电鞭交给我。我知道已没有退路，啜泣着接过电鞭，缠在腰间。若博妈妈满意地闭上眼。过一会儿，她睁开眼说："还有几句话也要记住，作为部落必须遵守的戒律吧。"

"我一定记住，说吧。"

"不要忘了我教你们的算术和文字。找一个人，把部落里该记的事随时记下来。"她补充道，"天房里还有不少纸笔，够你们使用三五十年了。至于以后……你们再想办法吧。"

"我记住了。"

"等你们到 15 岁就要生孩子，多生孩子。"

我迟疑着问："若博妈妈，怎样才能生孩子？就在昨天，乔治吻了我，吻时我感到身体内有一种非常奇妙的感觉。这样就能把孩子生下来吗？"

"不，吻一吻不会怀孕。至于怎样才能生孩子，再过两年你们自然会知道的。好了，该说的话我说完了。我独自工作 10 年，累了。你走吧。"

我含泪退了出去，若博妈妈忽然睁开眼，补充一句："电鞭的能量是有限的，所以每天拎着，但不要轻易使用。"

她又闭上了眼。

我退出控制室，怒火在胸中燃烧。若博妈妈说不要轻易使用电鞭，但我今天要大开杀戒。伙伴们都聚在控制室周围，茫然地等待着。他们不知道若博妈妈会怎样惩罚他们，不知道他们的英子姐会站在哪一边。当他们看到我手中的电鞭时，目光似乎同时变暗了。我走到人群前，恶狠狠地吼道："凡领头参与今天密谋的，给我站出来！"

回应我的只有惊慌和沉默。少顷，乔治、索朗、恰恰和吉布森勇敢地走出来，脸上挂着冷笑，挂着蔑视。剩下的人提心吊胆地看着电鞭，但他们分明是站在乔治一边的。我没有解释，对索朗、恰恰和吉布森每人抽了一鞭，他们倒在地上，痛苦地抽搐着，但没有求饶。我拎着电鞭向乔治走来，此刻，乔治目光中的恶毒和仇恨是那样炽烈，似乎一个火星就能点着。我闷声不响地扬起鞭子，一鞭、两鞭、三鞭……五鞭。乔治在地上打滚，抽搐，喉咙里发出非人的声音。伙伴们都闭上眼，不敢看他的惨象。

我住了手，喊道："大川良子，过来！"良子惊慌地走出队列，我把电鞭交给她，命令道："抽我！也是五鞭！"

"不，不……"良子摆着手，惊慌地后退。我厉声说："快！"

我的面容一定非常可怕，良子不敢违抗，胆怯地接过电鞭。我永远忘不了电鞭触身时的痛苦，浑身的筋脉都皱成一团，像千万根钢针扎着肌肉和骨髓。良子恐惧地瞪大眼睛，不敢再抽，我咬着牙喊："快抽！这是我应得的，谁让我们谋害若博妈妈呢！"

五鞭抽完了。娜塔莎和良子哭着把我扶起来。乔治他们也都坐起来，目光中不再是仇恨，而是迷惑和胆怯。我叹了口气，放柔声音，悲愤地说："都过来吧，都过来，我把若博妈妈告诉我的话全都转告你们。我们都是瞎眼的浑蛋！"

两小时后，我、乔治、索朗、萨布里和娜塔莎走进控制室，跪在若博妈妈面前，其他人跪在门外。若博妈妈闭着眼，一动也不动。我们轻声唤她，但她没一点反应。也许她不想再理我们，自己关闭了生命开关；也许她的身体已经因进水彻底损坏，失去生命。不管怎样，我还是附在她耳边轻声诉说："若博妈妈，我们都长大了，再也不会干让你痛心的事。我们已经商定马上离开这里，把这儿剩余的能量全留给你用。这样，也许你还能坚持几年。等能量全部耗尽后，请你睡吧，安心地睡吧。我们会常来看你，告诉你部落的情况。也许有一天我们会发现制造能量的办法，那时你将得到重生。妈妈，再见。"

若博妈妈没有动静。

我们最后一次向她行礼，悄悄退了出去。我留在最后，按若博妈妈教我的办法关闭了天房所有的设备。两个小时后，我们赶到密封门处，用人力打开门。等 58 个人都走出来，又用人力把它复原。其实这没有什么用处，天房的生态封闭循环关闭后，要不了多久，里面的节节草、地皮松、白条儿鱼和小老鼠都会死亡，这儿会成为一个豪华安静的坟墓。

我们留恋地望着我们的天房。正是傍晚，红太阳和红月亮在天上相会，共同照射着晶莹透明的房顶，使它充盈着温馨的金红。我们要离开了，但我们知道，它永远是我们心里的家。

我带着伙伴们复诵若博妈妈留下的训诫：

"永远不要丢失匕首和火镰。"

"永远不要丢失匕首和火镰。"

"永远记住算术的方法和记载历史的文字。"

"永远记住算术的方法和记载历史的文字。"

"多生孩子。"

"多生孩子。"

第四条是我加的："每人一生中回天房一次，朝拜若博妈妈。"

"每人一生中回天房一次，朝拜若博妈妈。"

我走近乔治，微笑道："算术和文字的事就托付给你啦。"乔治背着一捆纸张和笔，坚定地说："我会尽责，并把这个责任一代代地传下去。"

我亲了亲他："等咱们够 15 岁时，我要和你生下部落的第一个孩子。"又对索朗说："和你生下第二个。你们还有要说的吗？"

"没有了。我们听你的吩咐，尊敬的头人。"

"那好，出发吧。"

我们一行人向密林走去，向不可知的未来走去，把若博妈妈一个人留在寂静的天房里。

巴鳞

陈楸帆

巴鳞身上涂着一层厚厚的凝胶，再裹上只有几个纳米薄的贴身半透膜，来自热带的黝黑皮肤经过几次折射后如星空般深不可测。我看见闪着蓝白光的微型传感器漂浮在凝胶气泡间，如同一颗颗行将熄灭的恒星，如同他眼中小小的我。

"别怕，放松点，很快就好。"我安慰他，巴鳞就像听懂了一样，表情有所放松，眼角处堆叠起皱纹，那道伤疤也没那么明显了。

他老了，已不像当年，尽管他这一族的真实年龄我从来没搞清楚过。

助手将巴鳞扶上万向感应云台，在他腰部系上弹性束缚带，无论他往哪个方向、以何种速度跑动，云台都会自动调节履带的方向与速度，保证用户不发生位移和摔倒。

我接过助手的头盔，亲手为巴鳞戴上，他那灯泡般鼓起的双眼隐没在黑暗里。

"你会没事的。"我用低得没人听见的声音重复着，就像在安慰我自己。

头盔上的红灯开始闪烁，加速，过了那么三五秒，突然变成绿色。

巴鳞像是中了什么咒语般全身一僵，活像是听见了磨刀石霍霍作响的羔羊。

那是我 13 岁那年的一个夏夜，空气湿热黏稠，鼻孔里充斥着台风前夜的霉味。

我趴在祖屋客厅的地上，尽量舒展整个身体，像壁虎般紧贴着凉爽的绿纹石砖，直到这块区域被我的体温焐热，再就势一滚，寻找下一块阵地。

背后传来熟悉的皮鞋声，脚步雷厉风行，一板一眼，在空旷的大厅里回荡。我知道是谁，可依然趴在地上，用屁股对着来人。

"就知道你在这里，怎么不进新盾吹空调啊？"

父亲的口气柔和得不像他。他说的新盾是在祖屋背后新盖的三层楼房，全套进口的家具电器，装修也是镇上最时髦的，还特地为我辟出来一间大书房。

"不喜欢新盾。"

"你个不识好歹的傻子！"他猛地拔高了嗓门，又赶紧咕哝几句。

我知道他在跟祖宗们道歉，便从地板上抬起脑袋，望着香案上供奉的祖宗灵位和墙上的黑白画像，看他们是否有所反应。

祖宗们看起来无动于衷。

父亲长叹了口气："阿鹏，我没忘记你的生日，刚从岭北运货回来，高速路上遇到事故，所以才迟了两天。"

我挪动了下身子，像条泥鳅般打了个滚儿，换到另一块冰凉的地砖上。

父亲那充满烟味儿的呼吸靠近我，近乎耳语般哀求："礼物我早就准备好了，这可是有钱都买不到的哟！"

他拍了两下手，另一种脚步声出现了，是肉掌直接拍打在石砖上的声音，细密、湿润，像是某种刚从海里上岸的两栖类动物。

我一下坐了起来，眼睛顺着声音的方向——是在父亲的身后，藻绿色花纹地砖上，立着一个黑色影子，门外昏黄色的灯光勾勒出那生灵的轮廓，如此瘦小，却有着不合比例的硕大头颅，就像是镇上肉铺挂在店门口木棍上的羊头。

影子又往前迈了两步。我这才发现，原来那不是逆光造成的剪影效果。那个人，如果可以称其为人的话，他浑身上下都像涂着一层不反光的黑漆，像是在一个平滑正常的世界里裂开一条缝，所有的光都被这道人形的缝给吞噬掉了，除了两个反光点——那是他那对略微凸起的双眼。

现在我看得更清楚了，这的的确确是一个男孩，他浑身赤裸，只用类似棕榈与树皮的编织物遮挡下身，他的头颅也并没有那么大，只因为盘起两个羊角般怪异的发髻，才显得尺寸惊人。他一直不安地研究着脚底下的砖块接缝，脚趾不停地蠕动，发出昆虫般的抓挠声。

"狍鹠族，从南海几个边缘小岛上捉到的，估计他们这辈子都没踩过地板。"父亲说道。我失神地望着他，这个或许与我年纪相仿的男孩，他身上的某种东西让我感觉怪异，尤其是父亲将他作为礼物这件事。

"我看不出来他有什么好玩的，还不如给我养条狗。"

"傻子，这可比狗贵多了。如果不是亲眼看到，你老子可不会当这冤大头。真的是太怪了……"他的嗓音变得缥缈起来。

一阵沙沙声由远而近，我打了个冷战，起风了。

风带来男孩身上浓烈的腥气，让我立刻想起了某种熟悉的鱼类——一种瘦长的廉价海鱼。

我想这倒是很适合当作一个名字。

父亲早已把我的人生规划到了 45 岁。

18 岁上一个省内商科大学，离家不能超过三个小时的火车车程。

大学期间不得谈恋爱，他早已为我物色好了对象——他的生意伙伴老罗的女儿，生辰八字都已经算好了。

毕业之后结婚，25 岁前要小孩，28 岁要第二个，酌情要第三个（取决于前两个婴儿的性别）。

要第一个小孩的同时开始接触父亲公司的业务，他会带着我拜访所有的合作伙伴和上下游关系（多数是他的老战友）。

孩子怎么办？有他妈妈（瞧，他已经默认是个男孩了），有老人，还可以请几个保姆。

30 岁全面接手林氏茶叶公司，在这之前的五年内，我必须掌握关于茶叶的辨别、烘制和交易方面的知识，同时熟悉所有合作伙伴和竞争对手的喜好与弱点。

接下来的 15 年，我将在退休父亲的辅佐下，带领家族企业"开枝散叶"，走出本省，走向全国，运气好的话，甚至可以进军海外市场。这是他一直想追求却又瞻前顾后的人生终极目标。

在我 45 岁的时候，我的第一个孩子也差不多要大学毕业了，我将像父亲一样，提前为他物色好一任妻子。

在父亲的宇宙里，万物就像是咬合精确、运转良好的齿轮，生生不息。

每当我与他就这个话题展开争论时，他总是搬出我的爷爷、他的爷爷、我爷爷的爷爷，总之，指着祖屋一墙的先人们骂我忘本。

他说，我们林家人都是这么过来的，除非你不姓林。有时候，我怀疑自己是否真的生活在 21 世纪。

我叫他"巴鳞"，"巴"在土语里是鱼的意思，巴鳞就是有鳞的鱼。

可他看起来还是更像一头羊，尤其是当他扬起两个大发髻，望向远方海平线的时候。父亲说，狍鸮族人的方位感特别强，即便被蒙上眼，捆上手脚，扔进船舱，漂过汪洋大海，再日夜颠簸经过多少道转卖，他们依然能够准确地找到故乡的方位。尽管他们的故土在最近的边境争端中仍然归属不明。

"那我们是不是得把他拴住，就像用链子拴住土狗一样。"我问父亲。

父亲怪异地笑了，他说："狍鸮族比咱们还认命，他们相信这一切都是神灵的安排，所以他们不会逃跑。"

巴鳞渐渐熟悉了周围的环境，父亲把原来养鸡的屋子重新布置了一下，当作他的住处。巴鳞花了很长时间才搞懂床垫是用来睡觉的，但他还是更愿意直接睡在粗粝的沙石地上。他几乎什么都吃，甚至把我们吃剩的鸡骨头都嚼得只剩渣子。我们几个小孩经常蹲在屋外看他怎么吃东西，也只有这时候，我才得以看清巴鳞的牙齿——如鲨鱼般尖利细密的倒三角形，毫不费力地就能把嘴里的一切撕得稀烂。

我总是控制不住去想象，那口利齿咬在身上的感觉，然后心里一哆嗦，有种疼却又上瘾的复杂感受。

巴鳞从来没有开口说过话，即便是面对我们的各种挑逗，他也是紧闭着双唇，一言不发，用那双灯泡般凸起的眼盯着我们，直到我们放弃尝试。

终于有一天，巴鳞吃饱了饭之后，慢悠悠地钻出屋子，瘦小的身体挺着鼓鼓的肚子，像一根长了虫瘿的黑色树枝。我们几个小孩正在玩捉水鬼的游戏，巴鳞晃晃悠悠地在离我们不远处停下，颇为好奇地看着我们的举动。

"捞虾洗衫，玻璃刺脚丫。"我们一边喊着，一边假装是在河边捕捞的渔夫，从砖块垒成的河岸上，往并不存在的河里，试探性地伸出一条腿，踩一踩河水，再收回去。

而扮演水鬼的孩子则来回奔忙，徒劳地想要抓住渔夫伸进河水里的脚丫，只有这样，水鬼才能上岸变成人类，而被抓住的孩子则成为新的水鬼。

没人注意到巴鳞是什么时候开始加入游戏的，直到隔壁家的小娜突然停下，用手指了指。我看到巴鳞正在模仿水鬼的动作，左扑右抱，只不过，他面对的不是渔夫，而是空气。小孩子经常会模仿其他人说话或肢体语言，来取悦或激怒对方，可巴鳞所做的和我以往见过的都不一样。

我开始觉察出哪里不对劲了。

巴鳞的动作和扮演水鬼的阿辉几乎是同步的。我说几乎，是因为单凭肉眼已无法判断两者之间是否存在细微的延迟。巴鳞就像是阿辉在五米开外凭空多出来的影子，每一个转身，每一次伸手，甚至每一回因为扑空而沮丧的停顿，都复制得完美无缺，毫不费力。

我不知道他是如何做到的，就像完全不用经过大脑。阿辉终于停了下来，因为所有人都在看着巴鳞。

阿辉走向巴鳞，巴鳞也走向阿辉，就连脚后跟拖地的小细节都一模一样。阿辉说道："你为什么要学我？"

巴鳞同时张着嘴，蹦出来的却是一堆乱七八糟的音节，像是坏掉的收音机。阿辉推了巴鳞一把，但同时也被巴鳞推开。

其他人都看着这出荒唐的闹剧，这可比捉水鬼好玩多了。

"打啊！"不知道谁喊了一句，阿辉扑上去和巴鳞扭作一团。这种打法也颇为有趣，因为两个人的动作都是同步的，所以很快谁都动弹不了，只是大眼瞪小眼。

"好啦好啦，闹够了就该回家了！"一只大手把两人从地上拎起来，又强行把他们分开，像是拆散了一对连体婴儿，是父亲。

阿辉愤愤不平地朝地上唾了一口，和其他家小孩一起如鸟兽散。这回巴鳞没有跟着做，似乎某个开关被关上了。

父亲带着笑意看了我一眼，那眼神似乎在说，现在你知道哪儿好玩了吧！

"我们可以把人脑看作一个机器，笼统地说来，它只干三件事：感知、思考还有运动控制。如果用计算机打比方，感知就是输入，思考就是中间的各种运算，而运动控制就是输出，它是人脑能和外界进行交互的唯一方式。想想看为什么？"

在老吕接手我们班之前，打死我也没法相信，这是一个体育老师说出来的话。老吕是个传奇，他个头不高，大概一米七二的样子，小平头，夏天时可以看到他身上鼓鼓的肌肉。据说他是从国外留学回来的。

　　当时我们都很奇怪，为什么留过洋的人要到这座小破乡镇中学来当老师。后来听说，他是家中独子，父亲重病在床，母亲走得早，没有其他亲戚能够照顾老人，老人又不愿意离开家乡，说狐死首丘。无奈之下，他只能先过来谋一份教职，他的专业方向是运动控制学，校长想当然地让他当了体育老师。

　　老吕和其他老师不一样，他会和我们一起厮混打闹，就像是好哥们儿。我问过他：“为什么要回来？”

　　他说：“有句老话叫‘父母在，不远游’。我都远游十几年了，父母都快不在了，也该为他们想想了。”

　　我又问他：“等父母都不在了，你会走吗？”

　　老吕皱了皱眉头，像是刻意不去想这个问题，他绕了个大圈子，说：“在我研究的领域有一个老前辈叫唐纳德·布罗德本特，他曾经说过，控制人的行为比控制刺激他们的因素要难得多，因此在运动控制领域很难产生类似于‘A 导致 B’的科学规律。”

　　所以？我知道他压根儿没想回答我。

　　“没人知道会怎么样。”他点点头，长吸了一口烟。

　　“放屁。”我接过他手里的烟头。

　　所有人都觉得他待不了太久。结果，老吕把我从初二教到了高三，还娶了个本地媳妇生了娃，正应了他自己的那句话。

　　一开始，我们用的是大头针，后来改成用从打火机上拆下来的电子点火器，咔嚓一按，就能迸出一道蓝白色的电弧。

父亲觉得这样做比较文明。

人贩子教他一招，如果希望巴鳞模仿谁，就让两人四目相对，然后给巴鳞"刺激一下"，等到他身体一僵，眼神一出溜，连接就算完成了。他们说，这是狍鸮族特有的习俗。

巴鳞给我们带来了无数的欢乐。

我从小就喜欢看街头艺人表演，无论是皮影戏、布袋戏，还是扯线木偶。我总会好奇地钻进后台，看他们如何操纵手中无生命的玩偶，演出牵动人心的爱恨情仇，对年幼的我来说，这就像法术一样。而在巴鳞身上，我终于有机会实践自己的法术。

我跳舞，他也跳舞；我打拳，他也打拳。原本我羞于在亲戚朋友面前展示的一切，如今却似乎借助巴鳞的身体，成为可以广而告之的演出项目。

我让巴鳞模仿喝醉了酒的父亲。我让他模仿镇上那些不健全的人，疯子、聋子、傻子、被砍断四肢只能靠肚皮在地面摩擦前进的乞丐、羊角风病人……然后，我们躲在一旁笑得满地打滚儿，直到被人家拿着晾衣竿在后面追着打。

巴鳞也能模仿动物，猫、狗、牛、羊、猪都没问题，鸡、鸭不太行，鱼完全不行。

他有时会蹲在祖屋外偷看电视里播放的节目，尤其喜欢关于动物的纪录片。

当看见动物被猎杀时，巴鳞的身体会无法遏制地抽搐起来，就好像被撕开腹腔的是他一样。

巴鳞也有累的时候，模仿动作越来越慢，误差越来越大，像是松了发条的铁皮人，或者是电池快用光的玩具汽车，最后就是一屁股坐在地上，怎么踢他也不动弹。解决方法只有一个，让他吃，死命吃。

除此之外，他从来没有流露出一丝抗拒或者不快，在当时的我看来，巴鳞和那些用牛皮、玻璃纸、布料或木头做成的人偶并没有太大的区别，只是忠实地执行操纵者的旨意，本身并不拥有任何情绪，其行为甚至是一种下意识的条件反射。

直到我们厌烦了单人游戏，开始创造出更加复杂且残酷的多人玩法。

我们先猜拳排好顺序，赢的人可以首先操纵巴鳞，去和猜输的小孩对打，再根据输赢进行轮换。我猜赢了。

这种感觉真是太酷了！我就像一个坐镇后方的司令，指挥着士兵在战场上厮杀，挥拳、躲避、飞腿、回旋踢……因为拉开了距离，我可以更清楚地看清对方的意图和举动，从而做出更合理的攻击动作。更因为所有的疼痛都由巴鳞承受了，我毫无心理负担，能够放开手脚大举反扑。

我感觉自己胜券在握。

但不知为何，所有的动作传递到巴鳞身上时似乎都丧失了力道，丝毫无法震慑对方，更谈不上伤害。很快巴鳞便被压倒在地上，饱受折磨。

"咬他，咬他！"我做出撕咬的动作，我知道他那口尖牙的威力。

可巴鳞似乎断了线般无动于衷，对方的拳头不停地落下，他的脸颊肿了起来。

"噗！"我朝地上吐了一口，表示认输。

换我上场，成为那个和巴鳞对打的人。我恶狠狠地盯着他，他的脸上流着血，眼眶肿胀，但双眼仍然一如既往地无神、平静。我被激怒了。

我观察着操控者阿辉的动作，我熟悉他打架的习惯，先迈左脚，再出右拳。

我可以出其不意地扫他下盘，把他放倒在地，只要一倒地，战斗基本上就可以宣告结束了。

阿辉左脚迅速前移，来了！我正想蹲下，怎料巴鳞用脚扬起一阵沙土，眯住了我的眼睛。接着，便是一个扫堂腿将我放倒，我眯缝着双眼，双手护头，准备迎接暴风骤雨般的拳头。

事情并不像我想象的那样。拳头落下来了，却软绵绵的，一点力气都没有。

我以为巴鳞累了，但很快发现不是这么回事，阿辉本身出拳是又准又狠的，但巴鳞刻意收住了拳势，让力道在我身上软着陆。拳头毫无预兆地停下了，一个暖乎乎、臭烘烘的东西贴到我的脸上。

周围响起一阵哄笑声，我突然明白过来，一股热浪涌上头顶。那是巴鳞的屁股。

阿辉肯定知道巴鳞无法输出有效打击，才使出这么卑鄙的招数。

我狠力地推开巴鳞，一个鲤鱼打挺，将他制住，压在身下。我眼睛刺痛，泪水直流，屈辱中夹杂着愤怒。巴鳞看着我，肿胀的眼睛里也溢满了泪水，似乎懂得我此时此刻的感受。

我突然回过神来，高高地举起拳头。

"你为什么不使劲？！"

拳头砸在巴鳞那瘦削的身体上，像是击中了一块易碎的空心木板，咚咚作响。

"为什么不打我？！"

我的指节感受到了他紧闭双唇下松动的牙齿。

"为什么？！"

刺啦一声脆响，我看见巴鳞右侧眉骨裂开了一道长长的口子，一直延伸到眼睑上方，深黑色的皮肤下露出粉白色的脂肪，鲜红的血液汩汩地往外涌着，很快在沙地上凝成小小的一摊。

他身上又多了一种腥气。

我吓坏了，退开几步，其他小孩也呆住了。

尘土散去，巴鳞像被割了喉的羊崽一样蜷曲在地上，用仅存的左眼斜视着我，依然没有丝毫表情的流露。就在这一刻，我第一次感觉到，他和我一样，是个有血有肉甚至有灵魂的人类。

这一刻只维持了短短数秒，我近乎本能地意识到，如果之前的我无法像对待一个人一样去对待巴鳞，那么今后也不能。

我掸掸裤子上的灰土，头也不回地挤入人群。

我进入 Ghost 模式，体验被囚禁在 VR 套装中的巴鳞所体验到的一切。

我，或者说是巴鳞置身于一座风光旖旎的热带岛屿，环境设计师根据我的建议糅合了诸多岛屿上的景观及植被特点，光照角度和色温也都尽量贴合当地的经纬度。

我想让巴鳞感觉像是回家了，但这丝毫没有减轻他的恐慌。

视界猛烈地旋转，天空、沙地、不远处的海洋、错落的藤萝植物，还有不时出现的虚拟躯体，像素粗糙的灰色多边形尚待优化。

我感到眩晕，这是视觉与身体运动不同步所导致的晕动症，眼睛告诉大脑你在动，但前庭系统却告诉大脑你没动，两种信号的冲突让人不适。但对于巴鳞，我们采用了最好的技术将信号的延迟缩短到 5 毫秒以内，并用动作捕捉技术同步他的肉身与虚拟身体运动，在万向感应云台上，他可以自由跑动，位置却不会移动半分。

我们就像对待一位头等舱客人，呵护备至。

巴鳞一动不动地站在那里，他无法理解眼前的这个世界，与几分钟前那个空旷明亮的房间之间的关系。

"这不行，我们必须让他动起来！"我对耳麦那端的操控人员吼道。

巴鳞突然回过头，全景环绕的立体声让他觉察到身后的动静。郁郁葱葱的森林开始震动，一群鸟儿飞离树梢，似乎有什么巨大的物体在树木间穿行摩擦，由远而近。巴鳞一动不动地凝视着那片灌木。

一群巨大的史前生物蜂拥而出，即便是常识十分缺乏的我也能看出，它们不属于同一个地质时代。操控人员调用了数据库里现成的模型，试图让巴鳞奔跑起来。

他像根木桩般站在那里，任由霸王龙、剑齿虎、古蜻蜓和各种古怪的节肢动物迎面扑来，又呼啸着穿过他的身体。这是物理模拟引擎的一个漏洞，但如果完全拟真，又害怕实验者承受不了如此强烈的感官冲击。

这还没有完。

巴鳞脚下的地面开始震动开裂，树木开始七歪八倒地折断，火山喷发，滚烫猩红的岩浆从地表迸射而出，汇聚成暗血色的河流，海上则掀起数十米高的巨浪，翻滚着朝我们站立的位置袭来。

"我说，这有点过了吧。"我对着耳麦说，似乎能听见另一端传来的窃笑。

想象一下，一个原始人被抛在这样一个世界末日的舞台中央，他会是一种什么样的感受。他会认为自己是为整个人类承担罪错的救世主，还是已然陷入一种感官崩塌的疯狂境地？

又或者，像巴鳞一样，无动于衷？

突然我明白了事情的真相。我退出 Ghost 模式，摘下巴鳞的头盔，传感器如密密麻麻的珍珠布满了他黑色的头颅，而他双目紧闭，四周的皱纹深得像是昆虫的触须。

"今天就到这里吧。"我无力地叹息，想起多年前痛揍他的那个下午。

我与父亲间的战事随着分班临近而日渐升温。

按照他的宏伟计划，我应该报考文科，政治或者历史，可我对这两个科目毫无兴趣。我想报物理，至少也是生物，用老吕的话说是能够解决"根本性问题"的学科。

父亲对此嗤之以鼻，他指了指几栋楼房，还有铺满晒谷场的茶叶，它们在阳光下闪光。

"还有比养家糊口更根本的问题吗？"这就叫对牛弹琴。

我放弃了说服父亲的尝试，我有我的计划。通过老吕的关系，我获得了老师的默许，平时跟着文科班上语、数、英的大课，再溜到理科班上专业小课，中间难免有些课程冲突，我也只能有所取舍，再利用课余时间补上。老师也不傻，与其要一个不情不愿的中等偏下的文科考生，不如放手赌一把，兴许还能一鸣惊人，出个状元。

　　我本以为可以瞒过在外忙碌的父亲，把导火索留到填报志愿的最后一刻点燃。

　　当时的我实在太天真了。

　　填报志愿的那天，所有人都拿到了志愿表，除了我。我以为老师搞错了。

　　"你爸已经帮你填好了！"老师故作轻描淡写，他不敢直视我的双眼。

　　我不知道自己怎么回的家，像失魂的野狗逛遍了镇里的大街小巷，最后鬼使神差地回到祖屋前。

　　父亲正在逗巴鳞取乐，他不知道从哪儿翻出一套破旧的军服，套在巴鳞身上，显得宽大臃肿，活像一只偷穿人类衣服的猴子。他又开始显摆当年在军队服役时学会的那一套把戏，立正、稍息、向左向右看齐、原地踏步走……在我刚上小学那会儿，他特别喜欢像个指挥官一样喊着口号操练我，而这却是我最深恶痛绝的事情。

　　已经很多年没有重温这一幕了，看起来父亲找到了一个新的下属，一个绝对服从的士兵。

　　"一二一，一二一，向前踏步——走！"巴鳞随着他的口令和示范有模有样地踏着步子，过长的裤子在地上沾满了泥土。

　　"你根本不希望我上大学，对吗？"我站在他们俩中间，责问父亲。

　　"向右看齐！"父亲头一侧，迈开小碎步向右边挪动，我听见身后传来同样节奏的脚步声。

"所以你早就知道了，只是为了让我没有反悔的机会！"

"原地踏步——走！"

我愤怒地转身按住巴鳞，不让他再愚蠢地踏步，但他似乎无法控制住自己，军装裤腿在地上啪啦啪啦地扬起尘土。

我按住他的脑袋，让他和我四目相对，另一只手掏出电子点火器，蓝白色的光在巴鳞的太阳穴边炸开，他发出类似婴儿般的惊叫。

我从他的眼神中确信，他现在已经属于我。

"你没有权利控制我！你眼里只有你的生意，你有考虑过我的前途吗？"巴鳞随着气急败坏的我转着圈，指着父亲吼叫着，渐行渐近。

"这大学我是上定了，而且要考我自己填报的志愿！"我咬了咬牙，巴鳞的手指几乎已经要戳到父亲的身上，"你知道吗，这辈子我最不想成为的人就是你！"

父亲之前意气风发的军姿完全不见了，他像遭了霜打的庄稼，拉着脸，表情中夹杂着一丝悲哀。我以为他会反击，像以前的他一样，可他并没有。

"我知道，我一直都知道，你不想一世都走着别人给你铺好的路……"父亲的声音越来越低，几乎要听不见了，"像极了我年轻时的样子，可我没有别的选择……"

"所以你想让我照着你的人生再活一遍吗？"

父亲突然双膝一软，我以为他要摔倒，可他却抱住了巴鳞。

"你不能走！你以为我不知道吗，出去的人，哪有再回来的？"

我操纵着巴鳞奋力挣脱父亲的怀抱，就好像他紧紧抱住的人是我。而这样的待遇，自我有记忆之日起，就未曾享受过。

"幼稚！你应该睁大眼睛，好好看看外面的世界了。"

巴鳞像是个发了失心疯的发条玩具，四肢乱动，军服被扯得乱七八糟，露出那黝黑无光的皮肤。

"你说这话时简直和你妈一模一样。"又一朵蓝白色的火花在巴鳞的头上炸开，他突然停止了挣扎，像是久别重逢的爱人般紧紧抱住父亲，"你是想像她一样丢下我不管吗？"

我愣住了。

我从来没有从这个角度想过父亲的感受。我一直以为他是因为自私和狭隘才不愿意我走得太远，却没有想过是因为害怕失去。母亲离开时我还太小，并没有给我造成太大的冲击，但对于父亲，恐怕却是一生的阴影。

我沉默着走近拥抱着巴鳞的父亲，弯下腰，轻抚着他已不再笔挺的背脊。这或许是我们之间所能达到的亲密的极限。

这时，我看到了巴鳞紧闭着的眼角沁出的泪花。那一瞬间，我动摇了。也许在这一动作的背后，除了控制之外，还有爱。

有一些知识，我宁愿自己能在 17 岁之前懂得。

比方说，人类脑部的主要结构都和运动有关，包括小脑、基底核、脑干，皮层上的运动区以及感知区对运动区的直接投射，等等。

比方说，小脑的脑部神经元最多。在人类的进化过程中，小脑皮层随着前额叶的快速增大而同步增大。

比方说，需要和外界进行的信息或物理上的交流，无论是肢体动作、操作工具、打手势、说话、使眼色、做表情，最终都需要通过激活一系列的肌肉来实现。

比方说，一条手臂上有四十余块肌肉，每块肌肉平均有数百或数千个运动单元，由一条运动神经和它所连接的肌纤维组成。因此，光控制一条胳膊的运动，就有太多的可能性，这已经远远超出了宇宙中原子的数量。

人类的运动如此复杂而微妙，每一个看似漫不经意的动作中都包含了海量的数据运算分析与决策执行，以至于目前最先进的机器人尚无法达到3岁小孩的运动水平，更不要说动作中所隐藏的信息、情感与文化符号。

在前往高铁车站的路上，父亲一直保持沉默，只是牢牢地抓住我的行李箱。

北上的列车终于出现在我们眼前，崭新、光亮、线条流畅，好像一松闸就会滑进深不可测的未知。

我和父亲没能达成共识。如果我一意孤行，他将不会承担我上学期间的生活费用。

"除非你答应回来。"他说。

我的目光穿过他，就像是看见了未来，那是属于我自己的未来。为此，我将成为白色羊群中那一头被永远放逐的黑羊。

"爸，多保重。"

我迫不及待地提起行李箱要上车，可父亲并没有松手，行李箱尴尬地在半空中悬停着，终于还是重重地落了地。

我正要发火，父亲啪的一声在我面前打了个立正，行了个标准的军礼，然后一言不发地转身走人。他说过，上战场之前不要告别，兆头不好，要给彼此留个念想。

望着他渐渐远去的背影，我举起手，回了个软绵绵的礼。当时的我并没有真正领会这个姿势的意义。

"真没想到我们竟然会折在一个野人手里。"课题组组长，也是我的导师欧阳笑里藏刀，拍拍我的肩膀，"没事啊，再琢磨琢磨，还有时间。"

我太了解欧阳了，他这话的潜台词就是"我们没时间了"。

如果再深挖一层则是"你的想法、你的项目，那么，能不能按时毕业，你自己看着办"。

至于他自己前期占用我们多少时间和精力，去应付他在外面接下的乱七八糟的私活儿，欧阳是绝不会提的。

我痛苦地挠头，目光落在被关进粉红色宠物屋里的巴鳞身上，他面目呆滞地望着地板，似乎还没有从刺激中恢复过来。

这颜色搭配很滑稽，可我笑不出来。

如果是老吕会怎么办？这个想法很自然地跳了出来。

一切的源头都来自他当年闲聊扯出的"A 导致 B"的问题。

传统理论认为，运动控制是通过存储好的运动程序完成的，当人要完成某一项运动任务时，运动皮层选取储存的某一个运动程序开始执行，程序就像自动钢琴琴谱一样，告诉皮层和脊髓的运动区该如何激活，皮层和脊髓再控制肌肉的激活，最终完成任务。

那么问题来了：同一个运动有无数种执行方式，大脑难道需要储存无数种运动程序？

还记得那条运动的可能性超过了全宇宙原子数量的胳膊吗？

曾经有一位数学家提出一套理论，试图解决这个问题。

他的基本思想是：人的运动控制其实是大脑求一个最优解的问题。所谓最优是针对某些运动指标，比如精度最大化，能量损耗最小化，控制努力度最小化，等等。

而在这一过程中，大脑会借助于小脑，在运动指令还没有到达肌肉之前，对运动结果进行预测，然后与真实感知系统发回来的反馈相结合，帮助大脑进行评估及调整动作指令。

最简单的例子就是，上下楼梯时我们经常会因为算错台阶数而踩空，如果反馈调整及时，人就不会摔跤。然而反馈往往带有噪声和延时。

这位数学家的模型较为符合前人在行为学和神经学上的已知证据，可以用来解释各种各样的运动现象，甚至只要提供某一些物理限制条件，便可以预测生物的运动模式。比如说，8条腿的生物在冥王星上的重力环境中如何跳跃。

好莱坞用他的模型来驱动虚拟形象的运动引擎，便能"自主"地产生出许多像人一样流畅自然的动作。

当我进入大学时，该模型已经成为教科书上的经典，那时我们常常通过各种实验不断地验证其正确性。

直到有一天，我和老吕在邮件里谈到了巴鳞。

我自从上大学之后就和老吕开始了电邮来往，他像一个有求必应的人工智能，我总能从他那里得到答案，无论是关乎学业、人际关系还是情感。我们总会不厌其烦地讨论一些在旁人看来不可思议的问题，例如，"用技术制造出来的灵魂出窍体验是否侵犯了宗教的属灵性"。

当然，我们都心照不宣地避开关于我父亲的事情。

老吕说巴鳞被卖给了镇上的另一家人，我知道那家暴发户，风评不是很好，经常会干出一些炫耀财力却又匪夷所思的荒唐事。

我隐约知道父亲的生意做得不好，可没想到差到这个地步。

我刻意转移话题聊到那位数学家的模型，突然一个想法从我脑中蹦出。巴鳞能够进行如此精确的运动模仿，如果让他重复两组完全相同的动作，一组是下意识模仿，另一组是自主行为，那么这两者是否经历了完全相同的神经控制过程呢？

从数学上来说，最优解只有一个，可中间求解的过程呢？

老吕足足过了三天才给我回信，一改之前汪洋恣肆的风格，只写了短短几行字：

> 我想，你提出了一个非常重要的问题，也许连你自己都没意识到这有多重要。如果我们无法在神经活动层面上将机械模仿与自主行为区分开，那么就有了这样一个问题：自由意志真的存在吗？

收到信后，我激动得彻夜难眠。我花了两个星期设计实验原型，又花了更多的时间研究技术上的可行性及收集各方师长的意见，再申报课题，等待批复。直到一切就绪时，我才想起，这个探讨"根本性问题"的重要实验，却缺少了一个根本性的组成要素。

我将不得不违背承诺，回到家乡。

只是为了巴鳞，我不断告诉自己。只是巴鳞。就像"A 导致 B"，简单如是。

我读过一篇名为《孤儿》的科幻小说，讲的是外星人来到地球，能够从外貌上完全复制某一个地球人的模样，由此渗入人类社会，但是他们无法模仿被复制者身体的动作姿态，哪怕是一些细微的表情变化。于是，许多暴露身份的外星伪装者遭到了地球人的追捕和猎杀。

为了生存下去，他们不得不学习人类是如何通过身体语言来进行交流的。他们伪装成被遗弃的孤儿，被好心人收养，通过长时间的共同生活来模仿他们养父母们的举止神态。

养父母们惊讶地发现这些孩子长得越来越像自己，而当外星孤儿们认为时机成熟之时，便会杀掉自己的养父或养母，变成他们的样子并取而代之。杀父娶母的细节描写得十分可怕。

辨别伪装者的难度变得越来越大，但人类最终还是发现了这些外星人与地球人之间最根本的区别。

尽管外星人几乎能够惟妙惟肖地模仿人类的所有举动，但他们并不具备人脑中的镜像神经系统，因此无法感知对方深层的情绪变化，并激发出类似的神经冲动模式，也就是所谓的"同理心"。

人类发明了一套行之有效的辨别方法，去伤害伪装者的至亲之人，看是否能够监测到伪装者脑中的痛苦、恐惧或愤怒。他们称之为"针刺实验"。

当然，这个冷酷的故事也告诉我们，在这个宇宙间，人类并不是唯一一个和自己父母处不好关系的物种。

老吕知道关于巴鳞的所有事情，他认为狍鸮族是镜像神经系统超常进化的一个样本，并为此深深着迷，只是不赞成我们对待巴鳞的方式。

"但他并没有反抗，也没有逃跑啊！"我总是这样反驳老吕。

"镜像神经元过于发达会导致同理心病态过剩，也许他只是没办法忍受你眼中的失落。"

"有道理，那我一定是镜像神经元先天发育不良的那款。"

"冷血。"

当老吕带着我找到巴鳞时，我终于知道自己并不是最冷血的那一个。

巴鳞浑身赤裸、伤痕累累，被粗大生锈的锁链环绕着脖颈和四肢，窝在一个五尺见方的砖土洞里，那里光线昏暗，排泄物和食物腐烂的气味混杂着，令人作呕。他更瘦了，虻蝇吮吸着他的伤口，骨头的轮廓清晰可见，他像一头即将被送往屠宰场的牲畜。

他看见了我，目光中没有丝毫波澜，就像是我 13 岁的那个夏夜与他初次相见时的模样。

他们让他模仿……动物交配。老吕有点说不下去了。刹那间，所有的往事一下涌上心头。

接下来发生的事情，我一点印象都没有，仿佛是被什么鬼神附了体，所有的举动都并非出自我的本意。

老吕说，我冲进买下巴鳞的暴发户的家里，抓起他家少奶奶心爱的博美一口就咬在脖子上，如果不放了巴鳞，我就不松口，直到把那狗的脖子咬断为止。

我朝地上吐了口唾沫，这听起来还挺像是我干得出来的事。

我们把巴鳞送进了医院，刚要离开，老吕一把拉住我，说："你不看看你爸？"我这才知道父亲也在这所医院里住院。上了大学后，我和他的联系越来越少，他慢慢也断了念想。

他看起来足足老了 10 岁，鼻孔里、手臂上都插着管，头发稀疏，目光涣散。

前几年普洱被疯炒时他跟风赌了一把，运气不好，成了接过最后一棒的傻子，货砸在了手里，钱也赔了不少。

他看见我时的表情竟然跟巴鳞有几分相似，像是在说，我早知道会有这么一天。

"我……我是来找巴鳞的……"我竟然不知所措。

父亲似乎看穿了我的窘迫，咧开嘴笑了，露出被香烟经年熏染的一口黄牙。

"那小黑鬼，精得很呢，都以为是我们在操纵他，其实有时候想想，说不定是他在操纵我们哩！"

"就像你一样，我老以为我是那个说了算的人，可等到你真的走了，我才发现，原来我心上系着的那根线，都在你手里拽着呢，不管你走多远，只要指头动一动，我这里就会一抽一抽地疼……"父亲闭上眼，按住胸口。

我一个字都说不出来，有什么东西堵住了喉咙。

我走到他的病床前，想要俯身抱抱他，可身体不听使唤地在中途僵住了，我尴尬地拍了拍他的肩膀，转身离开。

"回来就好。"父亲在我背后嘶哑地说，我没有回头。

老吕在门口等着我，我假装挠挠眼睛，掩饰着情绪的波动。

"你说巧不巧？"

"什么？"

"你想要逃离你爸铺好的路，却兜兜转转，跟我殊途同归。"

"我有点同意你的看法了。"

"哪一点？"

"没人知道会怎么样。"

我们又失败了。

最初的想法很简单，选择巴鳞是因为他的超强镜像神经系统让模仿成为一种本能，相对于一般人类来说，这就摒除了运动过程中许多主观意识的噪声干扰。

我们用非侵入式感应电极捕捉巴鳞运动皮层的神经活动，让他模仿一组动作，再通过轨迹追踪，让他自发重复这组动作，直到前后的运动轨迹完全重合，那么从理论上讲，我们可以认为他做了两组完全一样的动作。

然后，我们再对比两组神经信号是否以相同的次序、强度及传递方式激活了皮层中相同的区域。

如果存在不同，那么被奉为经典的那位数学家的模型或许存在巨大的缺陷。

如果相同，那么问题更严重，或许人类仅仅是在单纯地模仿其他个体的行为，却误以为是出于自由意志。

无论哪一种结果，都将是颠覆性的发现。

但我们从一开始就失败了。巴鳞拒绝与任何人对视，拒绝模仿任何动作，包括我。

我大概能猜到原因，却不知道该如何解决。我们这群人信誓旦旦地要解开人类意识世界的秘密，却连一个原始人的心理创伤都治愈不了。

我想到了虚拟现实，将巴鳞放置在一个抽离于现实的环境中，或许能够帮助他恢复正常的运动。

我们尝试了各种虚拟环境，如海岛冰川、沙漠太空。我们制造了耸人听闻的极端灾难，甚至还花了大力气构建出狍鸮族的虚拟形象，寄望于那个瘦小丑陋的黑色小人能够唤醒巴鳞脑中的镜像神经元。

但是毫无例外地全部失败了。

深夜的实验室里，只剩下我和僵尸般呆滞的巴鳞。其他人都走了，我知道他们在想什么，这个实验就是个笑话，而我就是那个讲完笑话自己一脸严肃的人。

巴鳞静静地躲在粉红色泡沫板搭起来的宠物屋里，缩成小小的一团。我想起老吕当年的评价，他说得没错，我一直没把巴鳞当作一个人来看待，即便是现在。

曾经有同行将无线电击器植入老鼠的脑子里，通过对体觉皮层和内侧前脑束的放电刺激，使其产生欣喜或痛感，来控制老鼠的运动路线。

这和我对巴鳞所做的一切没有实质区别。我就是那个镜像神经元发育不良的浑蛋。

我鬼使神差地想起了那个游戏，那个最初让我们见识到巴鳞神奇之处的幼稚游戏。

"捞虾洗衫，玻璃刺脚丫……"

我低低地喊了一句，某种成年后的羞耻感油然而生。我假装成渔夫，从河岸上往河里伸出一条腿，踩一踩只存在于想象中的河水，再收回去。

巴鳞朝我看了过来。

"捞虾洗衫，玻璃刺脚丫。"我喊得更大声了。

巴鳞注视着我蠢笨的动作，缓慢而温柔地爬出宠物屋，在离我几步之遥的地方停住了。

"捞虾洗衫，玻璃刺脚丫！"我感觉自己像个嗑了药的酒桌舞娘，疯狂地甩动着大腿，来回踏着慌乱的节奏。

巴鳞突然以难以言喻的速度朝我扑来，那是阿辉的动作。他记得，他什么都记得。

巴鳞左扑右抱，喉咙里发出婴儿般"咯咯"的声音，他在笑。

这是这么多年来我第一次听见他笑。

后来，他又变成了镇上的残疾人。所有的动作像是被刻录在巴鳞的大脑中，无比生动而精确，以至于我一眼就能认出他模仿的是谁。他变成了疯子、傻子、没有四肢的乞丐和羊角风病人。他变成了猫、狗、牛、羊、猪和不成形的家禽。他变成了喝醉酒的父亲和手舞足蹈的我自己。

我像是瞬间穿越了几千公里的距离，回到了童年的故里。

毫无预兆地，巴鳞开始一人分饰两角，表演起我和父亲决裂那一天的对手戏。这种感觉无比古怪。作为一名旁观者，看着自己与父亲的争吵，眼前的动作如此熟悉，而回忆中的情形却变得模糊而不真切。当时的我是如此暴躁顽劣，像一匹未经驯化的野马，而父亲的姿态卑微可怜，他一直在退让，一直在忍耐。这与我印象中的大不一样。

巴鳞忙碌地变换着角色和姿态，像是技艺高超的默剧演员。

尽管我早已知道接下来会发生什么，但当它发生时我还是没有做好准备。

巴鳞抱住了我，就像当年父亲抱住他那样，双臂紧紧地包裹着我，头深埋在我的肩窝里。我闻见了那阵熟悉的腥味，如同大海，还有温热的液体顺着我的衣领流入脖颈，像一条被日光晒得滚烫的河流。

我呆了片刻，思考着该如何反应。

随后，我放弃了思考，任由自己的身体展开，回以热烈拥抱，就像对待一个老朋友，就像对待父亲。

我知道，这个拥抱我亏欠了太久，无论是对谁。我猜我找到了解决问题的正确方法。

在《孤儿》的结尾，执行"针刺实验"的组织领导人悲哀地发现，假使他们伤害的是外星伪装者，那么伪装者的"至亲"，也就是真正的人类，其镜像神经系统也无法被正常激活。

因为人类从一开始就被设计成一个无法对异族产生同理心的物种，就像那些伪装者。

幸好，这只是一篇二流科幻小说。

"我们应该试着替他着想。"我对欧阳说。

"他？"我的导师反应了三秒钟，突然回过神来，"谁？那个野人？"

"他的名字叫巴鳞。我们应该以他为中心，创造他觉得舒服的环境，而不是我们自以为他喜欢的廉价景区。"

"别搞笑了吧！现在你要担心的是你的毕业设计怎么完成，而不是去关心一个原始人的尊严，你可别拖我后腿啊！"

老吕说过，衡量文明进步与否的标准应该是同理心，是能否站在他人的价值观和立场去思考问题，而不是其他被物化的尺度。

我默默地看着欧阳的脸，试图从中寻找一丝文明的痕迹，然而这张精心呵护的老脸上一片荒芜。

我决定自己动手，有几个学弟学妹也加入了。这倒让我找回一丝对人类的信念。

当然，他们多半是出于对欧阳的痛恨以及顺手混几个学分。

有一款名为"IDealism"的虚拟现实程序，号称能够根据脑波信号来实时生成环境，但实际上只是针对数据库中比对好的波形来调用模型，最多就只是增加了高帧率的渐变效果。我们破解了它，毕竟实验室用的感应电极比消费者级别的精度要高出几个数量级，我们增加了不少特征维度，又连接到教育网内最大的开源数据库，那里存放着世界各地虚拟认知实验室的演示版本。

巴鳞将成为这个世界的第一推动力。

他将有充分的时间，去探索这个世界与他心中每一个念想之间的关系。我将记录下巴鳞在这个世界中的一举一动，待他回到现实世界，我再与他连接，那时，我将尽力模仿他的每一个动作，我俩就像平行对立的两面镜子，照出无穷无尽的彼此。

我为巴鳞戴上头盔，他目光平静，温柔如水。红灯闪烁，加速，变绿。

我进入 Ghost 模式，同时在右上角开启第三人称窗口，可以看到一个小小的巴鳞的虚拟形象在轻轻摇摆。

巴鳞的世界里一片混沌，没有天地，也不分四面八方。我努力克制眩晕。他终于停止了摇摆。一道闪电缓慢劈开混沌，确定了天空的方向。

闪电蔓延着，在云层中勾勒出一只巨大的眼，向四方绽放着细密的发光触须。

光暗下，巴鳞抬起头，举起双手，雨水落下。他开始舞蹈。

每一颗雨滴带着笑意坠落，填满了风的轮廓，风扶起巴鳞，他四足离地，开始旋转。

无法用语言来描绘他的舞姿，仿佛他成了万物的一部分，天地随着他的姿态而变幻色彩。

我的心跳加速，喉咙干涩，手脚冰凉，像是见证着一场不期而遇的神迹。他举手，花儿便盛开；他抬足，鸟儿便翩然而来。

巴鳞穿行于不知名的峰峦湖泊之间，所到之处，都会绽放欢喜的曼陀罗，他会向着那旋转的纹样坠去。

他时而变得极大，时而变得极小，所有的尺度在他面前失去了意义。

每一个不知名的生灵都在向他放声歌唱，他张了张嘴巴，所有狍鸮族的神灵都被吐了出来。

神灵列队融入他黑色的皮肤，像是一层层黑色的波浪，喷涌着，席卷着，他向上飞升、飞升，在身后拉出一张漫无边际的黑色大网，世间万物悉数凝固其上，弹奏着各自的频率，那是亿万种有情物在寻找一个共有的原点。

　　我突然领悟了眼前的一切。在巴鳞的眼中，万物有灵，并不存在差别，但神经层面的特殊构造使得他能够与万物共情，难以想象，他需要付出多大的努力才能够平复心中时刻翻涌起的波澜。

　　即便愚钝如我，在这一幕天地万物的大戏面前，也无法不动容。事实上，我已热泪盈眶，内心的狂喜与强烈的眩晕相互交织，这是一种难以言表却又近乎神启的巅峰体验。

　　至于我希望得到的答案，我想，已经没那么重要了。

　　巴鳞将所有这一切全吸入体内，他的身形迅速膨胀，又瘪了下去，然后开始往下坠落。

　　世界黯淡、虚无，生机不再。

　　巴鳞像是一层薄薄的贴图，平平地贴在高速旋转的时空中，物理引擎用算法在他的身体边缘掀起风动效果，细小的碎片如鸟群飞起。

　　他的形象开始分裂。

　　我切断了巴鳞与系统的连接，摘下他的头盔。

　　他趴在深灰色柔软的地面上，四肢展开，一动不动。

　　"巴鳞？"我不敢轻易挪动他。

　　"巴鳞？"周围的人都等着，看一个笑话会否变成一场悲剧。

　　他缓慢地挪动了下身子，像条泥鳅般打了个滚儿，又趴着不动了，像壁虎一样紧贴在地。

我笑了。像当年的父亲那样，我拍了两下手掌。巴鳞翻过身，坐起来，看着我。

正如那个湿热黏稠的夏夜里，13岁的我第一次见到他时的模样。

追逐时间的人

游 者

0

"现在几点了？"

我有些厌恶地向墙角处看去，那个发出声音的老头儿已经奄奄一息，持续的高烧让他干瘪的身体抖得像筛糠。

"几……几点了？"他又从喉咙里吐出了一口气，这口气似乎耗尽了他身上最后的元气，这之后，那副干枯的躯体上就再也没剩下半点生气。

"等到了西天，你自己问上帝吧！"我把头扭了回来，愤愤地说。

n 天以前

我做梦也没有想到，星际观光飞船会在这种地方坠毁。

"星旅"的服务水平在业内有口皆碑——几乎每个投诉

的人都想把"星旅"的掌门人送进坟墓再压上一块碑。可是凭借廉价、高速的优势,"星旅"牢牢把控着市场占有率第一的位置。值得肯定的是,"星旅"总能在别的旅行公司有了好创意之后迅速地山寨出类似的项目,从而继续稳固它在本行业的巨大优势。比如这次,"宇光"集团刚刚推出了土星星环游览线,"星旅"就"光速"跟进,开发出了这条什么小行星带专线。"土星环不过是碎石,'星旅'伴您欣赏更多的碎石",广告貌似是这么写的。

于是,我就上了这条贼船。

旅途的颠簸让人没有胃口回忆,刚到小行星带不久,我们所在的船尾翼就被一粒高速飞行的宇宙尘埃擦破,本船的船长和驾驶员费了九牛二虎之力,终于没把所有的事情都搞得更糟——除了让飞船满身伤痕地在一颗不知名的石质行星上硬着陆,损失了几乎所有的电子设备,外加搭上了他们自己的命。

"现在几点了?"

我有些懊恼地瞪了一眼一直在身边喋喋不休的老头儿:"命都要丢了,谁还顾得上这个?"

这老头儿似乎有点不好意思,把头缩了回去,不说话了。

我们把所有能喘气的集合在一起。加上我在内,幸存者一共有 7 个人。

"我们都来介绍一下自己吧,看看咱们怎么能在这个破地方坚持下去。"我说。

　　"我姓汤，是祖传的中医。"一位仙风道骨的老者率先开口了，他指着旁边的一个年轻姑娘，"这是我女儿小姗，目前在读博。"

　　接下来是个双目炯炯有神的矮壮汉子："我姓王，以前是开车的，那种运输车，一次拉十几吨货。最近刚刚不干了，想出来玩玩，没想到就碰上了这事！"他嘴上说着，眼神却一直往小姗身上瞟，毫无忌惮。

　　接下来进行自我介绍的是周先生，一位彬彬有礼的绅士。"我是个西点师。"他顿了顿，"我做的葡式蛋挞拿过奖。"

　　之后是一个中年妇女模样的人，其实不必介绍大家也都看得出她的职业——她身上穿着那种在空港最常见的工作服。果然，她是个清洁工。

　　"我是个生意人。"刚才一直嘴里念叨个不停的老头儿也发话了。生意人？说得好听。十商九奸，我对他颇为不屑。"有些事情我……我似乎记不得了。"他有些不好意思地摸了摸头，"我一直在使劲想自己是怎么到这里来的，可一直想不起来。"

　　失忆？大家望向他的目光多了几分同情，但谁都没有再多说什么。"连自己的名字都记不得了吗？"我问，他看了我一眼，无奈地摇了摇头。也许是刚才着陆时猛烈的撞击让他伤到了头部？这可是个大麻烦。

　　"我是个宅男，平时靠给人写影评换点生活费，有时候写写小说。"最后进行介绍的人是我，"虽然没什么特长，但是我的头脑还算不错。坠机这种事虽不常见，但在二次元的世界里，我已经无数次领略过这类危机了。所以，看上去这会儿我最有发言权。"

有人发出了笑声。这让气氛轻松了许多。

最初的十几个小时十分难熬。我们进行了简短的会谈，然后分头把飞船的各个部分探了个遍。好消息是，飞船在着陆后自动封闭了所有的故障舱室，所以只要我们不去随意碰触那些锁死的空气闸门，麻烦就暂时不会主动找上我们。另一个好消息是，物资舱并没有被封闭，我们还有足够吃上几个月的食物，而空气循环系统也保持着正常运行。

但是主控系统没救了。王哥和小姗把控制板拆了下来，钻进钻出，忙里忙外，最后还是不了了之。

无法开机，没有通信信号。"还好，坏消息不多。"我说道，大家又笑了。

"那个，我想问一句。"那个撞到头的老头儿不知什么时候挨到了小姗的身边，"现在几点了？你们能知道吗？"

"不知道！"王哥摆了摆满是油污的手，示意他站远点，"你没看我们这正忙着呢！"

小姗倒是十分温和："现在主控制器的元件损坏，我们什么也做不了。"顿了顿，她又说："你看显示器也裂了道大口子，就算电脑知道时间，我们也读不出来啊！"

"那你们能不能想办法读出来？"老头子还不死心。

这次，不光是小姗和王哥，这老头儿的话引来了更多人的注意。

"其实，我也挺想知道现在几点了。"一直默不作声的周师傅说，"咱们困在这个地方有多久了？10 小时？20 小时？还是说，已经超过一天一夜了？"他看了看自己的掌上通信机，"这个地方磁场一定很混乱，似乎所有的电子元件都已经失灵了，无法开机。"

"麻烦大了。"小姗紧皱眉头，"也许这附近恰好富含铁矿，或者有什么辐射源。"

"的确，"王哥擦了一把脸，不知不觉中把自己涂成了花猫，"在这个鬼地方我们根本没法知道时间。就算是坐船在海上失事了，我们至少还能看看星星月亮，现在呢？"他抬头指了指头顶的舷窗，大家的目光都随着他指的方向抬头望去——厚厚的强化玻璃外面，只能看到灰蒙蒙的迷雾，层层叠叠，漫无边际。

"你说到航船失事，我倒觉得咱们确实应该做点什么。"我说，"比如找一面墙，每过一天就刻一条短线……蹲监狱的人不也常这么干吗？"

没有人发笑，这是个糟糕的笑话。周师傅叹了口气，说："从某种意义上说，咱们现在其实比蹲监狱还要糟。"

他说得没错。

监狱里的人，至少还能看看太阳，知道时间到底过了多少天；至少知道自己的刑期，知道自己还要再熬多少天。而这两样，我们都没有。

　　说到太阳，此时浮现在我脑海中的，竟然是许多年前一次登泰山的经历。在那个时候，许多游客都会选择夜登泰山，就是为了第二天一早观看云海日出的美景。那一晚，我爬得很辛苦，夜很长，路很陡，灯很暗。我也不知道在如墨的夜色中究竟爬了多久，陪伴我的，除了来自前后左右的沉重喘息声，还有天上一闪一烁的星星。当我拖着近乎麻木的双腿终于登上了南天门的最后一级台阶，目光所及之处，除了天街上远远照来的若隐若现的微光，能见亮的就只剩下了身边无数攀登者们手中的电筒光圈。我戴着表，知道当时是几点钟，但我不知道再过多长时间才能等来日出。

　　就在这时候，我发现了一堵墙。那面墙上以荧光整整齐齐地显示着一排排的日期和时刻，仿佛一个巨大的列车时刻表。我揉了揉眼睛，仔细看去，顿时明白了——那上面标注的就是每一天泰山日出的具体时间！就在那一瞬间，我产生了一种前所未有的违和感，仿佛不是在山顶上看日出，而是化身成一个坐在列车上查看到站时刻的旅人。

　　地球就是那趟永不晚点的列车，而我们每一个人都是列车上的乘客。

　　生生世世，从不停息。

"我们一定得知道时间。"我的思绪又回到了现实，"如果它从我们身边溜走了，那我们就凭自己的力量把它再找回来！"

约 n-1 天前

"找回时间"这一想法很快得到了大部分人的认可。说大部分，是因为有人对这种事确实漠不关心，比如汤大夫一直在闭目养神，还有那位阿姨，从刚才她就一直在熟睡。说实话，我很佩服像她这种在什么环境下都能安心睡得着觉的人，但是从另一个方面讲，我也确实鄙视她这种浑浑噩噩的麻木态度。

"你有什么具体的想法吗？"王哥皱着眉头问道。

我摇摇头，随即把希望投向了小姗："小姗，你是理工科出身，这方面能不能想想办法？"

小姗认真思索了一会儿，谨慎地说："如果是地球环境的话，办法应该还是不少的……可这里是微重力环境，没有参照物，也没有具体的重力加速度值，真的有点困难。"

"等等，我有个疑问。"周师傅又站了出来，"咱们想要知道的是具体几点了吧？现在咱们是什么都没有，是不是需要先弄出个时钟一样的东西来呢？"

"去哪儿弄？"王哥说，"所有的电子玩意儿都坏了。难不成我们要像古人那样，搞个那什么，日晷？"

小姗提醒说："有日晷也没用。这里根本看不到太阳。"

周师傅的话引起了我们几个人进一步的思考。很快，我们确定了需要搞清楚的事：第一，我们需要一个能计时的装置；第二，我们需要明确一个单位时间；第三，我们需要一个确定的起始时刻。而这些我们都需要在现在这样一个封闭环境中不使用任何仪器来实现。

看起来，这三个条件我们一样都实现不了。我不禁有些泄气。

"我们现在手头上没有任何计时装置。"我环顾四周，目光所及之处都是一片狼藉，"至于单位时间……我想你指的是'小时'或者'分钟'吧？"

"严格来讲，应该是'秒'。"小姗说，"一秒钟的确切定义有两个。一个是光在真空中走过某个固定距离所用的时间，另一个是原子振荡的周期。"

我不禁哑然失笑："你说的东西太过概念化，我们到哪儿去搞这些东西呢？"我朝周围看去，光滑的客舱内几乎空无一物，姓吴的老头儿这会儿不知去向，毛阿姨终于睡醒了，打着哈欠望着我们。

周师傅摇着头说："看来我们已经走到了死胡同。"

"不，其实还有另一条路。"小姗的眼神有些发亮，"那就是凭借某些人天生的时感来确定时间。"

"时感？"我和王哥异口同声地问道，周师傅则陷入了沉思。

"所谓时感，就是某些特定人群，因为职业关系或者生活习惯，对时间具有特殊的敏感性。这种对时间的敏感是不随空间位置的改变而改变的。我想，即使是现在这样的环境，某些时感可能依然存在！"

"比如说呢？"我急切地问。

"小姗！"小姗正欲开口，一直在旁边静坐的汤大夫突然睁开了双眼，喝止了自己的女儿。

我们不约而同地把目光投向了汤大夫。小姗被父亲喝止，突然也没了主意。我看出这里的端倪，诚恳地对汤大夫说："老先生，小姗也是为了帮大家出主意。现在的情况您也看到了，如果您有什么能开导我们的想法，请不吝赐教！"

良久，汤大夫长叹了一声，说："也罢也罢。如果真能给你们帮上忙，我愿意尽一份力。"他环视四周，说："毕竟不知道要等到什么时候我们才能获救。在这段时间里找点事做，对我们大家的精神状态也有好处。"

"老先生，您是说……您真有一种异于常人的时感？"王哥问道。

小姗望着父亲，点点头说："是的。家父从小出生于中医世家，我们族谱的这一系，祖祖辈辈都靠给人切脉问诊，以此为生。父亲自幼苦读，学贯中西，药理病理了然于胸。尤其擅长一点，就是给人切脉，每位病患都是一分钟，不多一秒，不少一秒，从医50年，从未改变。"

我的心脏咯噔了一下。原来世界上竟然有这种人存在！

汤大夫摆摆手："也没什么特别的，只是习惯使然。"

"那么老先生，您现在也能告知我们60秒的时长，是吗？"我在问话时有意把"一分钟"改口说成了"60秒"，汤大夫听了不禁一笑："多了不敢说，误差在半秒之内绝对没有问题。"

真是绝境中又看到了光明，我的内心似乎又升起了一线希望。

王哥有些犹豫地说："这一点，我们应该怎么验证呢？我不是不信任老先生，可现在毕竟情况有些特殊，这里的环境跟咱们平时待过的完全不同。"他随手把一个卡钳丢到了空中，后者一边旋转着一边缓缓地划出一道 a 值特别大的抛物线，就好像是电影里的慢镜头。

"参照组。除非有参照组，否则无法验证。"小姗若有所思地说。

周师傅从刚刚开始就一直默不作声，这会儿他似乎下了很大的决心，说道："如果是这样的时感，我想我也可以试一试。"

这次轮到小姗吃惊得合不拢嘴："你也可以？"

"不不不，我并没有老先生那样的时感，我的时感要长一些。"他继续说，"如果是 20 分钟的话，我想我应该很有把握。"

"20 分钟？"我和其他几个人一样惊讶。

"20 分钟。"他笑了，那表情好像有点不好意思，"我的人生就是由无数个 20 分钟组成的。"

我们一齐望向了他。

"能跟我们说说吗？"我诚恳地问。我想象不出，一个人究竟在什么样的环境中生活，才会产生一个特别精确的"20 分钟"的概念。

"其实也没什么特别的。"周师傅微微皱起眉头，似乎在斟酌着自己的言语，"烹饪这种技能的高低，很大程度上是与时间相关的。许多菜品的制作，都有着严格的时间要求。就说最基本的煮蛋吧，大家都知道口感和营养最适宜的时间是 7 分钟。长年累月的工作，厨师往往也练就了准确的时感。"

"但是你刚才说，是 20 分钟，而不是 7 分钟？"小姗问。

他点了点头，"因为九英寸比萨的标准焙烤时间是 20 分钟。在我这个行当里，比萨是从学徒就开始做的常规食物。一个人如果连这个都做不好，那是件很糟糕的事，会被前辈师傅们认为根本不适合做西餐，职业生涯也许就提前结束了。在我还很年轻的时候，为了确保自己不出错，我特意找了个倒计时的小装置时刻提醒自己。但这显然不是长久之计。我知道如果我还想在这一行里获得更高的成就，就该摆脱它的束缚。于是我有意地培养自己的感觉，直到不用看表也能准确地把握 20 分钟的时间。说起来你们也许会觉得好笑，但我真是这样觉得——20 分钟的时间足够做许多其他的事了，尤其是烹饪的时候，都是争分夺秒的。如果能够规划利用好这些时间，做什么都会事半功倍。久而久之，我就对这个特定的时长有了更深刻的知觉。不管我在哪里、做什么，只要记下一个起始的时间，我就能报给你一个结束的时间。"

"这真是传奇的人生。"我不由得赞叹。

"不，说起来好笑。我从来没有想过，我这种所谓的'时感'还真能派上用场。"

"那么，您的误差大约在多少呢？您有没有测试过？"小姗问。

周师傅想了想说："具体的我真没有严格测算过，但是在 5 秒之内应该是没有问题的。"

"那就好，我们可以开始了。"小姗点了点头。

我有些摸不着头脑："我们应该怎么做？"

小姗说："让两个人背对着背，我父亲测 20 个 1 分钟，周先生报 1 个 20 分钟，如果两者对得起来，那就能够互相验证了。"

我恍然大悟："是个好主意！"

依从小姗的建议，我们首先验证了汤大夫和周师傅的时感。

我们让他俩背对背，都不发声，其他人围坐在周围帮忙记录。等两个人都做好了准备，小姗说："开始！"两人都进入了闭目养神状态。我们这些人则默默注视着，大气都不敢出。

时间在流逝。虽然我们看不到它，但似乎都能感觉到那种存在，它就像被无形的手拨动着，在空气中一秒一秒地逝去。周围非常寂静，我清楚地听到自己的心跳震动胸腔的声音。

"1。"汤大夫简单地报数道。

我大吃一惊。这才1分钟？我感觉仿佛过了很久很久，从周围人的脸上，我也读到了同样的神色。王哥似乎想问点什么，但我看到了小姗坚定的眼神，就把食指放在唇间，制止了他。虽然我选择了相信汤大夫，但我无论如何也没有想到：1分钟，短短的60秒，居然会这么漫长。

"2。"

"3。"

……

"9。"

我的心跳开始越来越快。

到了第12分钟的时候，汤大夫突然开口说了句"抱歉。"正当大家面面相觑的时候，他解释道："我有点走神儿了。"

不知为什么，我长长舒了一口气。

"人老了，有些不中用啊。"汤大夫擦着额头上的汗说。

"应该抱歉的人是我。"周师傅说，"如果我是对5分钟或者10分钟敏感的话就不用您老受这么多苦了。"

"现在几点了？"吴老头儿阴郁的声音从屋角传来。没有人回答他，大家都有些丧气。

王哥说："这法子不行啊！"

"我倒觉得可以。"我试着给大家打气，"20 个 1 分钟是有些多，汤大夫又要计数又要报数，是容易混淆。我们应该帮他减轻点负担。"听了我的话，汤大夫点了点头，又重新鼓起了信心。

休息了一会儿，我们开始了第二次尝试。这次我们改进了方法，汤大夫将手搭在小姗的手腕上，只专注计时，每过 1 分钟就用手指在小姗腕上点一下，然后由小姗来记录。

就这样，我们围在一起熬过了比上一次更为漫长的一段时间。

终于，在某一个时刻，小姗和周师傅几乎同时喊道："好！"

我们一愣，随即不由自主地献上了掌声。

就这样，我们获得了初步的成功。

n-2 天前

确定了时间单位后，王哥动手从船上的废弃零部件堆找了一个内径很小的双层透明管，又找来两个球状的应急灯灯筒，装上铁砂，制成了一个简易的沙漏。经过反复调试，它每倒置一次，正好与汤大夫感知的"1分钟"相一致。

进展令人振奋。

"那么，现在到底几点了呢？"吴老头儿问道。

"我们很快就会知道的。"我大声对他说。

毛阿姨一言不发地把满地的碎屑、铁砂和胶皮残块收拾好，堆在一边，又开始打起了哈欠。她真是嗜睡如命，真不知道原本在地球上，她是不是每天也像这样没有目标地活着。

我打开一袋流质食品，把里面黏糊糊的糊糊倒进嘴里，这种标称"熏烤火腿"的玩意儿居然真的有一股煳味，于是带着煳味的糊糊毫不客气地糊了我一嘴，简直一塌糊涂。

我转头想分给小姗一些，却看见王哥抱着几听不知道从哪儿弄来的罐头，殷勤地递给了她。小姗似乎很高兴，我叹了口气。

正当我尴尬地处理着嘴角的食物残渣时，一听罐头递到了眼前。我抬起头，看到王哥善意的眼睛。"我自己带的，以前跑车的时候，经常吃这一口。"他顿了顿，有点不好意思地补充，"这东西，保质期长。随身带点，就算车抛锚了，也能混个半饱。"

我笑笑。我们连现在的确切时间都不知道，关心罐头的保质期又有何用。

吃过了美味的罐头，我感觉精力恢复了很多，于是跟王哥聊了起来："王哥，你说，那汤大夫和周师傅咋都那么神，连个看不见摸不着的时间都掐得那么准。"

王哥用一根细长的金属丝剔着牙，漫不经心地说："我猜，是类似某种肌肉记忆吧。"

"肌肉记忆？"

"其实我也不是很懂，就是听人说过。"王哥慢条斯理地说，"人在反复完成某种行为的时候，就会产生肌肉记忆，有时候感觉好像不是通过脑子，而是你的身体有了本能的反应一样。比如很多运动员，做一些技术动作都是下意识的，就是因为同样的动作他早已重复了千遍万遍，所以有了身体感觉。比如顶尖的篮球运动员和足球运动员，在一片黑暗中也能很好地控制球。再比如骑自行车，哪怕你走神儿了，身体也不会失去平衡。普通人也有这种肌肉记忆，比如弹吉他、敲鼓、弹钢琴等。"

小姗说："我也有这种感觉！比如，小时候背过的古诗词，现在来背，好像是自然而然就说出来了，并没有过脑子。是不是也是这种情况？"

"大概是吧。"

"那么时间感也是可以锻炼出来的？"我问。

"也许吧。咱们不是都看见了吗？"王哥说，"也许有人天赋异禀，也许是后天形成，谁知道呢？你看我是个开车的，需要满世界跑，到处找停车位。其实呀，这也跟时间有关系。"

"有什么关系？"小姗听了顿时很感兴趣。

"我也说不大出来……"王哥有点不好意思地摸着脑袋说，"我是个粗人，不像你们那么精，说什么都一套一套的。当运输车司机，不就是要在规定的时间把东西送到规定的地方去吗？这个距离是在那摆着的，时间也定死了，就看你怎么开了。"

"所以说，您也具有某种特定的时感！"我大吃一惊。

"哪有这种本事！"王哥说，"我说了，我就是瞎想想。你在高速上开车的时候，很多时候窗外的景色几乎都是一成不变的，你面对的也不过是弯弯曲曲的柏油路而已。倒是停车的时候……你俩懂我的意思了吗？你们平时开不开车？开车出去，到了地方，总要停车吧。停车位是怎么收费的？对，按时间收。半个小时，或是一个小时几块钱。对对，我就是那个意思。你们说，时间这玩意儿到底算是个啥？看不见摸不着的，还按一小时一小时地计费。如果还有那种时感特别敏锐的人，我觉得停车场管理员可能算一个。毕竟他每天要反复做的就是这一件事啊，那个肌肉记忆啊！"

我和小姗面面相觑。

"那么，我们这儿谁可能是那种人？"我问。

王哥笑了，"这还用问？"他朝着房间角落里打着呼噜的毛阿姨努了努嘴。

小姗看起来有些犹豫，好像是在考虑要不要现在就过去叫醒毛阿姨。王哥赶紧说："这都是我的猜测，不能作数的。"

我倒对王哥产生了兴趣："你是怎么知道她在停车场工作的？"

王哥说："你看她的工作服，上面不是有标志吗？那是空港附近一个挺大的汽运中转站。像她这样的身份，一般来讲是不会买票上天出来旅游的，所以我估计她丈夫在另一个空港工作，她是顺道搭船过来。你看她上了船之后，除了吃就是睡，一点也没有旅游观光的样子。再加上出了这么大的事故，咱困在这里，她都没当回事，显然是对旅游飞船出点岔子什么的习以为常、见怪不怪了。"他顿了顿，"你们别这样看我，我业余时间也好看个推理小说什么的，没事就爱瞎琢磨。"

王哥的话句句在理，不知为何，我听着脸上倒有些发烫。

他发觉气氛不对，赶紧转移话题："那个老爷子情况怎么样了？我说的是那个姓吴的。"

"情况不是太好。"汤大夫不知什么时候已经坐到了我们身后，吓了我一大跳。原来，刚刚我们在讨论的时候，他一直都在默默地旁听。

我对那个姓吴的也很关心，不禁问汤大夫："他是不是脑子撞坏了，还是说本来就是个神经病？"

"我看没那么严重。"汤大夫淡定地说，"这类病人我以前也偶有遇到，如果判断不错，应该是强迫症。"

"强迫症？"

"对。"汤大夫缓缓地说，"强迫症的表现有很多种。比如，有些人总是怀疑自己没有锁家门、没有锁车；有的人一走上有台阶的路，就会不由自主地开始数数；还有些人会反复洗手，因为他们总是觉得自己的手没有洗干净。这些都是比较常见的病例，还有些则比较特殊，就比如这位吴先生，不能随时随地知道时间，就会变得十分焦虑。"

说实话，我也感到焦虑。

紧急照明灯灰白的光在飞船走廊的天花板上暗淡地亮着，它的心情也像这里的每一个人，变得十分压抑。

n-3 天前

经过问询，毛阿姨表示自己确实是在一个汽运中转站干活儿，但不是什么停车场管理人。我有点失望，王哥则比我更失望，头一天推理时的神采飞扬也已经烟消云散。

小姗安慰我们："没关系的，没关系的。毛阿姨就算有那种一小时或者半小时的时感，也不过是同一种形式下的重复罢了，跟老爸和周师傅的没有本质区别。你看，咱们不是有沙漏了，而且工作得好好的……阿姨！别动那个！"

毛阿姨一下子浑身僵住，她的手指距离摆在屋子正中小桌上的沙漏就剩下 0.01 毫米了。她的另一只手里攥着一块不知道从哪儿摸来的抹布，看样子是想把这个乌漆漆、锈斑斑的家伙擦一擦。

　　小姗急忙走上前去，把沙漏仔细检测了一遍——沙漏完好无损，里面的铁砂还在窸窸窣窣地落个不停。

　　她稍稍安下心来。转过脸说：“毛阿姨，这个东西对我们很重要，请您不要碰它！”

　　“啊？好，好。”毛阿姨不明就里，胡乱答应着。

　　“那么，咱们接下来……”

　　“阿——嚏——！”毛阿姨突然一个震天动地的喷嚏，打得我们几个猝不及防。等我们回过神来，猛回头去找放在小桌上的沙漏，哪里还有沙漏的影子？我们急忙满屋乱找。结果是要命的：终于在微重力下，毛阿姨的一个喷嚏把我们的小沙漏直接吹飞，撞到屋角才停了下来，更要命的是，它漏了。

　　“我们需要更多的沙漏。”小姗悲愤地说。

　　我点了点头：“我去找汤老爷子和周大哥，咱们马上再做一次。”

　　王哥说：“不光是这样。等这次的沙漏弄好，我就照着再做几个大的。如果咱们有个漏一次沙子等于三个小沙漏的大沙漏，就能知道一小时了。你们先做着，我去后面找找材料。”

　　毛阿姨有些内疚地问：“我能干点啥？”

我看了她一眼，说："要不，您还是睡觉去吧。"

因为有了前面的经验，我们这一次进行得十分顺利。

王哥的动作很麻利。很快，小沙漏和颠倒一次等于1小时的沙漏都做好了。我们稍稍松了一口气，从我们手边溜走的时间似乎又被我们重新捉了回来。

"好了，"小姗开始发言，"现在我们缺的，是个能标记起始时间的点。"

我看了看王哥，王哥看了看周师傅，大家都没有懂。

小姗用笔在地上画了一条线段，"假设这条线长度是20，代表了周师傅的时感。爸爸的时感和周师傅经过相互验证，可以记为单位"1"。有了这个单位，咱们就能较为准确地计算流逝的时间了，比如王哥后来做的1小时的沙漏。现在咱们想要标记3小时、10小时，或者24小时，都是可以的。"她抬起头，"问题是，从哪儿开始标记？起点是什么？"

王哥首先明白了："要一个起始点，是不是就好比，3，2，1，出发？像发令枪？或者整点报时？"

小姗点了点头。

"那可太困难了……"周师傅说，"咱毕竟不在地球上，还能看看太阳、瞧瞧影子的，估算一下时间。我们连现在地球标准时是白天还是夜晚都搞不清楚啊。"

关键的进程已经卡死了。

我呆住了，头越来越大，想想也是没什么头绪，干脆倒头去睡大觉。

　　迷迷糊糊中，我做了一个奇怪的梦。自己悬浮在虚空中，前后左右上下都空无一物，只有光。我使劲挣扎，却动弹不得。就好像是一只被蛛网束缚住的苍蝇。只是，自始至终，我都没能挣脱那看不见的枷锁，也不明白到底是什么把我束缚住了。就在我开始感到绝望的时候，我被一阵窸窸窣窣的声音吵醒。我撑起身体一看，是毛阿姨，她又在卖力地拾掇那些琐琐碎碎的东西，正巧路过了我的身边。

　　我发现，毛阿姨在清醒的时间里，还是蛮手脚利落的，把东西收拾了一遍又一遍，使得大家当作暂时居所的空间尽量干净整洁，这让我们有些忘记了现在的窘境。

　　突然，一道闪电从我脑海中划过。

　　"阿姨，您平时每天做什么？"

　　"我啊，就是清洁工呗！都干了 20 多年了，哎，想当年，我也是青春靓丽的一枝花啊。这干着干着，人也老了，花也残喽。"

　　"每天都干？20 多年？"

　　"对呗。"

　　难道说……我试探着问："您每天上工的时间是固定的吗？比如说，早上 6 点钟？"

　　毛阿姨瞟了我一眼："当然固定了。就这个破作息，也不知道往上面反映了多少次了。年轻时候我还抱怨过，后来也就慢慢习惯了。到了后来，不管我在哪儿睡，早上 5 点钟准醒！不用定闹钟，分毫不差，比表还准！”她长叹一声，“也是命啊。就算是休息日，也是这个点醒。想睡个懒觉都不成！”

我震惊不已：“那按照地球时，现在其实就是五点零几分？”

“错不了。”毛阿姨说，“话说你们这几天到底在鼓捣些啥，没日没夜地，我看那些个小玻璃罐子还挺好玩的……”

这一天，我重新召集了大家，把毛阿姨的情况给大家做了个介绍。大家听完，都和我一样，吃惊得嘴巴都合不上。

“太好了，解决了。”小姗高兴地说，“毛阿姨能完美地解决咱们起始时间点的问题了！”

众人也感到欢欣鼓舞。只有两个人似乎还云里雾里，一个就是毛阿姨本人，另一个人……

“现在几点了？”吴老头儿像个痴呆一样问道。

我扭过头去对老吴说：“几点了，几点了，你就知道问问问！”

“别埋怨他了，咱们马上就能知道几点了。”小姗对大家说。

这次要做的事情很简单。

当毛阿姨再次入睡的时候，我们就轮流守在沙漏旁边，等待着她的苏醒。

时间一个小时一个小时地过去，我们一个个都有些熬不住了。我觉得尤其累，好像上下眼皮之间被看不见的人缝上了无形的丝线，不断地收紧，再收紧。我只能徒劳地挣扎，却掩饰不了眼皮越来越沉重的事实。小姗看出了我的尴尬，体贴地劝我去睡。我感激地笑了下，刚想躺下，却看到王哥两眼冒光地想要趁机凑过来，就咬咬牙谢绝了："我还能行。"

小姗笑笑，不再说话。

"怎么验证呢？"我忽然想起了这个问题。也许是睡意让大脑变得迟钝了，我居然到这会儿才想到这个问题。

"让她自己验证自己，"小姗说，"咱们不是有计时的沙漏嘛，如果她两次醒来的时间间隔恰好是 24 小时，那就证明她还是可信的。"

"自己验证……"我自言自语，"可靠吗？"

小姗神情复杂地笑了："可靠吗？我不知道，我怎么知道？"

我感到自己说错了话，赶紧收声。

"也许从开始就是错的。"她出神地望着舱壁上的舷窗，通过那巴掌大的地方，可以看到外面漆黑的夜空，"我们无法验证，也无从验证。不论是我父亲的时感，还是周师傅的，即便他俩对起来了，那就是真正的时间了吗？我不知道。"她摆弄着手里的沙漏，是毛阿姨不小心弄坏的那一只，"现在我们的沙漏，记录的是 1 小时的准确时间吗？我不知道。这一切做得有意义吗？我也不知道。"

她把脸转向我："请别质疑我，让我做下去。否则，我会崩溃。"

还没等我说话，王哥一把扶住了她的肩膀："小姗，我们都没有质疑你。我们相信你，我们能找回时间。"

我张了张嘴，想说什么，最终咽了回去，转身蜷缩到舱室的角落里。

不知过了多久，我被人摇醒。迷迷糊糊睁开眼，我看到王哥把手指放在嘴唇前："别出声，应该快到时间了。"

我当然知道他指的是什么，于是强打精神坐了起来。看到小姗无声地睡在一边，我暗暗叹了口气。

时间在一分一秒地流逝，无声无息。

毛阿姨醒来了。

王哥立刻行动起来，把一直放在手边的一小时沙漏倒过来。我清楚地看到，整个过程他应该损失了不到半秒。

又过了一会儿，大家陆陆续续醒来了。小姗睁开眼之后先望向了王哥，王哥指了指身后的沙漏，又指了指自己的胸口，做出了竖大拇指的姿势。小姗笑了，我默默地把目光移向别处。

按照沙漏的表现，白天很快过去了。虽然窗外的景色一成不变，可毛阿姨迷迷糊糊地又开始犯困了。

我默默地示意汤大夫和周师傅到相邻的舱室去，又扶着吴老头儿离开这个地方。吴老头儿走路拖拖拉拉的，还踢倒了什么东西，所幸毛阿姨只是在梦中翻了个身，没有醒。我们这才长舒了一口气。

紧接着是接下来的半天。

我和小姗很快又熬不住了，王哥叫我们先去睡。我看着他的黑眼圈，有些犹豫地叫他先睡，他谢绝了。

"我没问题的，"他说，"小意思，我再熬上一天一夜也没有问题。"

我执意不肯去睡。

他又说："别小看你王哥我啊，别的本事没有，就是能熬。过去开车的时候，曾经两天两夜没有睡觉。怎么，不信？因为我那个工作，精神高度紧张……这次好不容易有机会，就出来散散心，谁知道回去之后又得加班加点地干到什么时候。回头我再给你讲讲吧。总之这里有我，放心！"

等王哥再叫醒我们俩的时候，最后一小时到来了。他已经把计时器换成了那种20分钟的沙漏，进入最后20分钟了，他最后一次倒置之后，小姗也默默地倒置了1分钟的沙漏。

10，9，8……

我屏住呼吸看着这一切。

突然，毛阿姨哼了一声，睁开了双眼！0！

我们激动得说不出话来，只是抱在了一起。

毛阿姨一边揉着眼睛一边摇头："你们这些娃子，到底在搞什么哟！"

"王老哥，你可真行。"我拍着王哥的肩膀，"你咋就这么能熬？"

王哥得意地笑了："我跟你说没问题的吧。因为我……"他突然又有些欲言又止。

小姗好奇地问："到底是怎么了？哥？"我留意到她连"王"字都省了。

王哥似乎下了决心，"我就直说了吧。我运送的……都是高危品。时刻提心吊胆的，哪儿敢睡着啊！"

"啥危险品？汽油？药品？不会是炸药吧？"我问。

王哥摇了摇头："我为一个公司送药剂，都是高危药品。据说不是新药，而是……病毒。"

病毒！我和小姗大吃一惊。

"我也不是很清楚。"王哥说，"据说有些大公司就是这样，赚钱都赚黑心了。为了赚钱，先造病毒，再去卖药。"

"他们敢这么做？难道不怕报应吗？"小姗愤怒地说。

"他们的字典里有这个词吗？"王哥说。

我们沉默了。

"还有件事，我不得不说。"王哥继续说，"我就职的那家公司，叫'保护伞'，如果我没有看走眼，那个摔得迷迷糊糊的老头儿就是保护伞公司的董事长，他叫吴良。"

3 天前

　　我们在舱室里划出一小块区域，大家都自觉远离，那里没有别的，只摆放着那些好不容易拼装起来的计时装置。

　　就好像一块圣地。

　　日晷，漏壶，水运仪，沙钟，机械钟，摆钟，晶体钟，石英电子表，激光光电传感计时器，放射性元素半衰期计时器。

　　人类历史上创造过无数的计时器。然而……

　　"我们终于知道时间了。"我感叹道。现在我们得到了一个粗糙的计时器，虽然它的形状和构造比我这辈子见过最糟糕的钟表还要糟糕，但是毫无疑问，此时此刻，它在我们眼中是世界上最漂亮的计时器。

　　"可是，我们还不知道具体的日期啊。"周师傅说。

　　他说得对，虽然每个人都尽了最大的努力，我们依然不知道今天是几号。

　　"今天是 1 号。"小姗突然说。

　　我们大吃一惊，都转过脸去看着她。

　　"今天就是 1 号，十有八九错不了。"她皱着眉头，我注意到她一只手一直捂着腹部，好像很痛苦，"别问我为什么。"

　　我恍然大悟。原来，生物钟竟然如此奇妙。

2 天前

"现在几点了……现在到底几点了啊……"

吴老头儿在发高烧。

没有人说话。有的人是不愿搭理他，有些人是懒得搭理他。还有些人……

汤大夫给他把了把脉："他的情况不太好。"

我嘴上没说，心里却在想，你也有今天！

王哥似乎看穿了我的想法，说："没想到堂堂的保护伞集团董事长，也会有今天。"

在这个年代，几乎没有人不知道保护伞公司。

"保护伞"是一个覆盖了整个东半球的大型药企，他们的产品从婴儿纸尿裤到战场裹尸布无所不包，真正做到了"从襁褓到坟墓"。可以这么说，没有一个人可以脱离"保护伞"独立于这个世界。即使是当代鲁滨孙，也不能。但直到现在我们才知道，每个人都不过是他们实验室外的小白鼠。

我感到不寒而栗。

小姗和王哥他们感受到的，则是一种愤怒。

周师傅似乎不太明白我们的怨气从何而来。他细心地帮那姓吴的翻身、擦汗。姓吴的每次迷迷糊糊地问几点了，周师傅就把目光投向我们那组粗陋的计时器，从那天书一般的复杂结构中读取一个数字，告诉他。

姓吴的知道了时间，就渐渐安稳下来，睡着了。他安详地抿了抿嘴，一丝涎水顺着嘴角淌了下来，让人恶心。

"他想知道时间，你们跟他说一声不就行了？"周师傅摆弄完病人，嗔怪起我们来。

"时间？哪儿有时间？"小姗没好气地说。

"那里啊！不是你们搞的吗？"周师傅指向"圣地"。

我被他的认真劲逗乐了："你自己信吗？"

被我这么一说，周师傅也变得忧心忡忡："咱们的计时器，准吗？"

"谁知道呢？"小姗放肆地大笑起来，"也许就是种智力体操罢了。说实话，我从来没有对结果有什么期待。也许是准的，也许是错的，而且错得很离谱。"

我感到某种脆弱的东西，我之前不敢面对的东西，在碎裂，在崩塌。

一切都建立在假设之上。

"假设汤老爷子是对的，周师傅是对的，王哥的操作没有疏漏，毛阿姨的时感没有受到太空影响，我的推断没有错误，那么结果也许是误差不大。不过……"

我们没有听到她"不过"之后说了什么，但我们每个人都清楚她之后的台词是什么。

"你是怎么理解的呢？"周师傅问，"小姗，你来说，除了物理学上的定义，你理解的时间，究竟是什么？"

"时间是另一维。"

小姗的回答出乎意料地简洁，含义却也出人意料地费解。

她接着问我们："那么你们说呢，时间究竟是什么呢？它真的存在吗？"

我愣住了。

时间是什么呢？这个问题似乎连三岁的小孩都能回答，可是又好像谁都难以解释清楚。在这里，每个人都对时间有不同的理解。对于有的人来说，时间就是一个点，不论刮风下雨，也不论春夏秋冬，每天清晨的 5 点 0 分 0 秒，就是他时间概念的全部；对于有的人，时间就是一个有长度的单位，一个短暂的 δ，或者说，线段，它无关时刻，无关起始点，它的意义只在于那个差值，在这个有限的单位时间内，他可以从一个人的体温、心率、气息、面色等诸多资料中找到一条最正确的算法，去获得一个隐匿在所有表象背后的答案；对于有的人，时间是他最大的敌人，是他需要消磨和杀死的对象；对于有的人，时间就是一个内角为 120 度的扇面，它无休无止地在同心圆上行走，不断地重复，覆盖着每一段为 20 分钟的历史。

我突然意识到，对于我们大多数人来说，也许一生都没有认真思考过，时间究竟是什么。即使思考过，每个人的回答也永远不可能一致。而且，在地球上，在宇宙中，还存在无数个区时，它们似乎都在声明，它们是最准确的时间，但它们却谁都代表不了时间。

手表记录的是真正的时间吗？座钟显示的是真正的时间吗？电脑显示屏右下角不断变化的，是真正的时间吗？

细沙在一丝不苟地下落，发出沙沙的声音。那是时间在流逝。

也是时间在嘲笑。

1 天前

"出事了！出事了！"

我挣扎着睁开眼，"怎么啦？"

"我也不太清楚！好像是王师傅在喊！"周师傅比我早一步爬了起来，"刚才我去巡查之后就睡下了，是王师傅接的班。"

我脑子很乱，摇摇晃晃地爬起来，勉强跟上了他。

巡查是每天的日常。

我们坠落到这里已经很多天了，确切地说，如果我们之前所有的估计都没错，应该已经有 12 天了。最初混乱的几天过去之后，我们除了每天花大把的时间在寻找所谓的"时间"上，更重要的就是一遍一遍地仔细巡查舱体的各个部分了。飞船当初是直接砸下来的，虽说看起来各个区域都还完好无损，可是气密性究竟有没有受到影响，这个谁也说不清。

我们都不是飞船工程师，能做的也就是自觉分成几组，不时地去巡视一番了。

等我们在倒数第二节船舱找到王哥的时候，他大汗淋漓，整个脸都白了。

"王哥，你怎么了？"

"是……是老吴，那个老吴，他在后面！"

老吴？！

王哥上气不接下气地对我们说："周师傅回来之后，我闲着也没事，就往后面逛一逛，看看还能不能找到点有用的东西。可是，就在我走到这块的时候，突然看见了老吴！老吴在最后那间舱室里！而且他一看见我，就关上了密封门！"

"密封门，就是这个吗？"小姗和汤老爷子也赶来了，"他在里面干什么？"

"不知道！"王哥着急地说，"那是整个飞船的最后一间，是货仓！我真怕……"他还没说完，我们每个人都听到对面传来了砰的一声闷响，之后就是气流急速流走的咝咝声。

"糟了！糟了！"毛阿姨不知什么时候也过来了，"这声音，是空气泵的声音啊！货舱里面的空气会被抽干的！"

"抽干空气？"我倒吸一口冷气，"怎么会有这样的装置？"

"为了安全。"毛阿姨说，"早些时候，星际飞船因为货舱的位置距离推进器最近，一有事故就成了炸药桶。抽干空气不仅可以减重，还可以在一定程度上阻断燃烧。货物毕竟用不着呼吸啊……这种设计，在现在新的客船上早就已经被改良了。'星旅'啊'星旅'，你就是害人精啊！不好，我听不见那边的声音了！怕是已经剩不下多少空气了吧？"

我听得一头雾水，但没有时间多想。救人要紧啊！我一肩膀撞向密封门，后者纹丝不动。我正准备接着来上几下，却被毛阿姨、王哥和小姗一起拦住了。

"你疯了？"小姗冲我喊道，"现在那边是负压，你就算把门撞开，我们也会被气流吸过去的！"

"那怎么办？"

"充气闸！充气闸！"毛阿姨急得团团转，"我记得是在……想起来了！"

周师傅根据指示，终于找到了舱门这一侧的闸门。

"快！快按呀！"

人在缺氧条件下能存活多久？

普通人在正常情况下，可以自行憋气两分钟左右。很多时候，并不是你血液里的二氧化碳浓度积累到了有毒的程度，而是自己的心理上感觉需要恢复呼吸，而此时此刻你的身体，其实还可以继续坚持……继续憋气，你会到达一个临界点，过了那个时刻，你就克服了那种心理障碍，会感觉痛苦在逐渐减少，甚至觉得呼吸并不是那么必要的事情。这个时段是最危险的，因为体内的二氧化碳浓度已经升高了，缺氧会切切实实地反映在身体上。但是无论如何，没有人会自行闭气至死。因为即使缺氧失去知觉，脑干也会开启呼吸系统，让氧气重新充满血液。

如果环境里还有氧气的话。

事实上，如果脑的供血供氧完全中断，8 至 15 秒就会丧失知觉，6 至 10 分钟就会造成不可逆的损伤。

时间一秒一秒地过去，我不知过了多久，但在我的感觉中，可能有整整一个世纪那么漫长。噗的一声，气压均衡了，气密闸门终于被打开。

我们立刻冲了进去。吴老头儿很不自然地躺在地上，我注意到他的小腿还在抽动。

汤大夫第一个扑了上去，敏捷得不像一个老人。他按住吴老头儿的颈动脉，翻看了眼皮，一言不发，示意小姗赶紧做帮手——压按胸腔，人工呼吸，紧接着又一次，再来一次……

最后，他摇了摇头。

终　章

时间没有快进键，没有回档键，也没有暂停键。

时间就在我们的每一次呼吸、每一次眨眼、每一次心跳间。它悄然而至，悄然而逝。

吴老头儿死亡之后，瞳孔放大了。18分钟后，血液开始凝固。两小时后，尸体变得僵硬。紧接着，尸斑出现。70小时后，尸体将再次软化。虽然时间对于他已经没有了意义，但是时间却无时无刻不在他的身体上留下印迹。

吴老头儿的死，依然疑点重重。

为什么他会去巡场，为什么没有人留意到他，为什么最先发现的王哥没有伸手去救，而是选择了回来喊人？

但我不想去思考。我们每个人都盼着这噩梦般的一切快点过去。沙漏里的沙，依然在一丝不苟地、不快不慢地，以它无人可比的耐心掉落、掉落……

终于，救援队到了。

当他们又花掉半天时间，终于撬开舱门的时候，外界的气息第一时间涌进了我们这个封闭的小世界。伴随着第一个救援人员的行动，几乎是在门被破开的那个瞬间，原本笼罩着我们的阴郁气氛完全消失了。毫无疑问，那是"生"的气息。

"你们……还好吗？"他问道，声音隔着厚厚的面罩传来，听起来很怪异。

"几点了？"我没有理会他的提问。

"啥？"对方似乎有点不明白。我看不清他的脸，所以猜不到此刻他的表情。

"几点了？没听见？我问你，现在几点了？！"我几乎是在嘶吼。

他愣了愣，转过头去："队长？"

"你回答我呀！"

站在那家伙身后、被称为队长的人朝我看了一眼，冲他微微点了点头。

那家伙老老实实地说道："星历时间，现在是——"

"我不要星历时，我要地球时！地球标准时间，你懂吗？"

他露出了讥讽的语气："地球时？地球上一共有多少个时区？难道还要我一一报给你吗？"

我愣了一下，想要发作，被称为队长的人打断了他。队长摘掉了自己的面罩，显然，检测结果告诉他，这里的循环系统工作得还算正常。对这种能在远航搜救队里当队长的人，我有几分了解，他们宁可相信计算机提供的数据，也不会相信面前活生生的我们。

不出所料，他看我的眼神仿佛是在看一个重症的精神病患者。紧接着，他快速、有力地报出了一串数字。"格林尼治时间。"他补充道。

我快速地心算了一下，把它换算成我所熟悉的北京时间。其他人也在同一时间望向了我们的计时器。很快，我如释重负。

"队长，那边发现了一具尸体。还有这些……奇怪的玩意儿，天哪，看看这些玩意儿！他们像是经历了某些可怕的宗教仪式！"

我仰天长笑，这些无知的人。经历了过去的这段时间，他们和我们永远不在同一个世界里了。

"这里简直像个地狱。"第一个人补充道。

"哪儿都一样。"救援队长说。也许是吴老头儿的尸首让他太过意外，他一动不动地站了很久很久，最后才挥了挥手，示意手下把吴老头儿的尸体抬走。

"有些事我要通知你们。"他郑重其事地开口。不得不说，他浑厚的声音听起来很可靠，让我觉得很安心。

王哥却很不屑："知道。无非是什么我们被困了很久，有心理创伤，可能送到精神中心去治疗。你还要问问我们的心理阴影面积有多大吗？"

"是心理介入，只是辅助治疗。"救援队长说，"而且你们要去的不是精神中心，而是位于同步轨道的隔离医院。"

"什么？这太过分了！"小姗抗议道，"我们并没有传染病！"

"传染病？"我搞不懂状况了。

"你别想糊弄我们，只有重症患者才会被带去那种地方！呵呵……没有比同步轨道更棒的隔离区了。"

周师傅显然愤怒了："你是想说我们是传染源？是瘟疫？你们避之不及？唯恐惹祸上身？你们就是群浑蛋！"

队长一言不发地任凭我们发泄着怨气。我突然感到，他的态度十分纠结，绝不是因为我们这些人窘困的状况，而是另有缘由。

他艰难地说："被隔离的不是你们，而是整个地球。"

整个地球。

每个人都停了下来，怀疑自己听错了话。我注意到队长身后的几个救援队员一个个面色如灰，似乎他说破的是他们正在努力逃避的东西。

"在你们离开地球的这段时间里，地球上爆发了超级瘟疫。在人们弄清楚它从何而来之前，它就打了我们一个措手不及。"

"我还以为是什么玩意儿，不就是传染病嘛。能有多超级？难不成还能灭了全人类？"王哥故作轻松地说道。但他很快发现，在场的人除了他之外，没有第二个能笑得出来。

"让他把话说完。"汤大夫说，"我们在这里隔绝很久了。请告诉我们外面的情况。"他顿了顿，"那个病毒，有多严重？"

队长再次开口："很严重。多渠道传播，高传染性和致病性，高致死性，高变异性，高繁殖率……大概情况就是这样。每 20 分钟一个子代，就像机器一般精准。不，应该说，埋藏在生物 DNA 里的生物钟，比我们想象的还要可怕。现在整个地球都已经是污染区，每一条街道，每一栋楼房，每一块农田，每一片树林，每一片草地，每一条小溪，甚至每一朵云……"他沉重地说："土壤里，大气里，海洋里，已经布满了这种致命的病毒。它们不断繁殖、分裂、侵入，把人类杀死。"

我突然想到了一个故事。在那个故事里，术士向国王讨要的报酬，是装满 64 个棋盘格的米粒。第一格 1 粒，第二格 2 粒，第三格 4 粒，以后每格都是前一格的两倍，直到摆满 64 个格子。

米粒的总数，是天文数字。

而病毒，压根就没有 64 格的限制。

"地球，已经成了一个无处可逃的大病灶。"

"难道完全没有希望了吗？"周师傅有些激动地说，"那些科学家都是干什么吃的？那些大企业呢？那些制药厂呢？"

队长苦笑了一声，缓缓说道："联合政府倾尽全力，终于搞清楚了事情的原委。超级病毒来自一家大的跨国公司的内部实验室，但没有人知道它来自何种原病毒，以及它已经进化到了哪一步。最初的时候，病毒泄漏被瞒报，他们试图自行解决，后来事情失控，他们就集体外逃，试图溜之大吉。现在已经不是道德谴责的时候了，最紧要的任务是得到新病毒的详细情况，测序已经来不及，只有他们手上有新型病毒的原始序列，也只有这家公司才能在最短时间内制造出最有效的抗体。

让其他任何一家药企来中途接手，都相当于从零开始。然而，等查明了一切，什么都晚了。"

他沉痛地说："病毒，比人类的效率高得多。"

"那么，到底是哪家公司？"身后传来王哥颤抖的声音。

"'保护伞'。"

大家都噤声了。吴老头儿已经变成了一具冰冷的尸体，黑色的塑料袋，是他暂住的"房间"。

"我们派出了最好的搜查队，终于查到了吴良的行踪。然而，即使我们星夜兼程地赶来拘捕他，也并不能再挽回什么。整个地球已经沦陷。也许我们能在隔离区制造出新药？一点一点地把感染区重新夺回来？也许吧，但希望很渺茫。可现在，这仅存的一点希望的火苗也已经熄灭了，我们所做的一切都已经没有意义。在与病毒赛跑的过程中，我们已经输给了时间。"

"20分钟一个子代……20分钟……"周师傅瘫坐在地上，嘴里喃喃说着。

"你们已经没有地方可去了，我们也是。"救援队长说，"只有同步轨道的隔离区才是唯一没有被超级病毒污染的地方。那里的条件……很艰苦。希望在这场生存竞赛中，我们会是最后的赢家吧。"

我明白这句话背后的潜台词。那个地方仅仅是个隔离区，而不是我们温暖的家。那里没有忙忙碌碌、川流不息的车辆，也没有炽热的烤炉，没有货车，没有一切我们热爱的东西，更没有我们熟悉的生活。对于我们这些人来说，只是从一个与世隔绝的地方，换到了另一个与世隔绝的地方而已。

我们默默地交换了眼神，之后一起望向舱室当中那堆费了好几天心血拼凑起来的丑陋怪胎。我依然想不明白，为什么吴良一直在追问时间，即使是在头部遭受重击之后，那也是他唯一关心的事。也许，是内心的良知在劝他回头，去尽快面对公司的残局和那个被释放的恶魔？又或者，他仅仅是在心算着人类灭亡的倒计时？

我清楚地听得到胸腔中的心跳，不是透过耳膜，而是顺着血液和骨髓传来，一下、两下、三下……重重地轰击着大脑，让我头晕目眩。我甚至清楚地听得到其他人的心跳声和此起彼伏的沉重呼吸声。不可名状的压迫感像惊涛骇浪，侵袭着我们每一个人。我仿佛看到了地球正在呻吟，随着病毒的无情蔓延，地球的颜色已经不再是蔚蓝，而是慢慢地、一块一块地变成了黑灰色。

打破僵局的是毛阿姨，她依旧不明就里，尖着嗓子问道："怎么了啊？啊？我怎么都听不懂？谁说说啊，到底发生了什么？"

无人回答。

在死一般的沉寂中，我缓缓地转过身，对着在场的所有人发问——

"What is the time？"

十亿年后的来客

何夕

一

有一种说法，人的名字多半不符合实际，但绰号却绝不会错。以何夕的渊博知识，自然知道这句话，不过，他以为这句话也有极其错误的时候。比如几天前的报纸上，在那个二流记者半是道听途说半是臆造的故事里，何夕获得了本年度的新称号——"坏种"。

何夕放下报纸，心里涌起些无奈。不过细推敲起来，那位仁兄大概也曾做过一番调查，比如何夕最好的朋友兼搭档铁琅从来就不叫他的名字，张口闭口都是一句"坏小子"。朋友尚且如此，至于那些曾经栽在他手里的人，提到他时当然更无好话。除开朋友和敌人，剩下的就只有女人了，不过仍然很遗憾，何夕记忆里的几个女人说得最多的一句话便是"你坏死了"。

何夕叹了口气，不打算想下去了。一旁的镜子忠实地反映出他的面孔，那是一张微黑的、已经被岁月染上风霜的脸，头颅很大，不太整齐的头发向左斜梳，额头的宽度几乎超过一尺，眉毛浓得像是两把剑。何夕端详着自己的这张脸，最后得出的结论是：即使退一万步，也无法否认这张脸的英俊。可这张脸的主人竟然背上了一个坏名，这真是太不公正了。何夕心里有些愤愤不平。

但何夕很快发现了一个问题，他的目光停在了镜子里自己的嘴角上。他用力收收嘴唇，试图改变镜中人的模样。虽然他接连换了几个表情，并且还用手拉住嘴角帮忙校正，但是镜子里的人的嘴角依然带着那种仿佛与生俱来的且将永远伴随着他的那种笑容。

何夕无可奈何地发现，这个世上只有一个词才能够形容那种笑容——坏笑。

何夕再次叹了口气，有些认命地收回目光。窗外是寂静的湖畔景色，秋天的色彩正浓重地浸染着世界。何夕喜欢这里的寂静，正如他也喜欢热闹一样。这听起来很矛盾，却是真实的何夕。他可以一连数月独自待在这人迹罕至的名为"守苑"的清冷山居，自己做饭洗衣，过最俭朴的生活。但是，他也曾在那些奢华的销金窟里一掷千金。而这一切只取决于一点，那就是他的心情。曾经不止一次，喧闹的晚会正在进行，上一秒钟何夕还像一只狂欢的蝴蝶在花丛间嬉戏，但下一秒钟他却突然停住，兴味索然地退出，一直退缩到千里之外的清冷山居中；而在另一些时候，他却又可能在山间景色最好的时节里没来由地作别，急急赶赴喧嚣的都市，仿佛一滴急于要融进海洋的水珠。

　　不过，很多时候有一个重要因素能够影响何夕的足迹，那便是朋友。与何夕相识的人并不少，但是称得上朋友的却不多。要是直接点说，就只是那么几个人而已。铁琅与何夕相识的时候两个人都不过几岁，按他们四川老家的说法这叫作"毛根儿"朋友。他们后来能够这么长时间地保持友谊，原因也并不复杂，主要就在于铁琅一向争强好胜，而何夕却似乎是天底下最能让步的人。铁琅也知道自己的这个脾气不好，很想改，但每每事到临头却总是与人争得不可开交。要说这也不全是坏事，铁琅也从中受益不少，比如，从小到大他总是团体里最引人注目的那一个，他有最高的学分、最强健的体魄、最出众的打扮，以及丰富多彩的人生。不过，有一个想法一直盘桓在铁琅的心头，虽然他从没有说出来过。铁琅知道有不少人艳羡自己，但他觉得这只是因为何夕不愿意和他争锋而已。在铁琅眼里，何夕是他最好的朋友，但同时也是一个古怪的人。铁琅觉得何夕似乎对身边的一切都很淡然，仿佛根本没想过从这个世上得到什么。

　　铁琅曾经不止一次亲眼见到何夕一挥手就放弃了那些许多人梦寐以求的东西。就像那一次，只要何夕点点头，美丽如仙子的水盈盈连同水氏家族的财富都会属于他，但是何夕却淡淡地笑着，将水盈盈的手放到她的未婚夫手中。还有朱环夫人，还有那个因为有些傻气而总是遭人算计的富家子兰天羽。这些人都曾受过何夕的恩惠，他们最大的愿望就是找机会有所报答，却不知道应该给何夕什么东西，所以报答之事就成了一个无法达成的心愿。但是有件何夕很乐见的事情是他们完全办得到的，那便是抽空到何夕的山居小屋里坐坐，品品何夕亲手泡的龙都香茗，说一些他们亲历或是听来的那些山外的趣事。这个时候的何夕总是特别沉静。他基本上不插什么话，只偶尔会将目光从室内移向窗外，有些飘忽地看着什么，但这时如果讲述者停下来，他则会马上回过头来提醒继续。当然，现在常来的朋友都知道何夕的这个习惯了，每一个讲述者都不会去探究何夕到底在看什么，只自顾自地往下讲就行了。

何夕并不会一直当听众，他的发言时间常常在最后。虽然到山居的朋友多数时候只是闲聚，但有时也会有一些陌生人与他们同来。这些人不是来聊天的，而是直截了当地说他们遇到了难题，而解决这样的难题不仅超出了他们自己的能力，并且也肯定超出了他们所能想到的那些能够给予其帮助的途径，比如说警方。换言之，他们遇到的是这个平凡的世界上发生的非凡事件。有关何夕能解决神秘事件的传闻不少，但是一般人只是当作故事来听，真正知道内情的人并不多。不过，凡是知道内情的人都对那些故事深信不疑。

今晚是上弦月，在许多人眼里并不值得欣赏，却正是何夕最喜欢的那种月亮。何夕一向觉得满月在天固然朗朗照人，却少了几分韵致。初秋的山林在夜里 8 点多已经转凉，但天还没有完全黑下来。虫豸的低鸣加深了山林的寂静。何夕半蹲在屋外的小径上，借着天光专心地注视着脚下。这时，两辆黑色的小车从远处的山口现出，渐渐驶近，最后停在了30米以外的大路的终点。第一辆车的门打开了，下来一位皮肤黝黑、身材高大壮硕的男人。他看上去30出头，眼窝略微有些深，鼻梁高挺，下巴向前划出一道坚毅的弧度。跟着，从第二辆车里下来的是一位头发已经花白的老者，大约60岁，满面倦容。两个人下车后环视了一下四周，然后并肩朝小屋的方向走来。另几个仿佛保镖的人跟在他们身后几米远的地方。老者走路显得有些吃力，年轻的那人不时停下来略作等待。

何夕抬起头注视着来者，若有所思的表情从他嘴角显露出来。壮硕的汉子一言不发地将拳头重重地砸在何夕的肩头，而何夕也以同样的动作回敬。与这个动作不相称的是两人脸上同时绽放出的灿烂笑容。

这个人正是何夕最好的朋友铁琅。

"你在等我们吗？你知道我们要来？"铁琅问。

"我可不知道。"何夕说，"我只是在做研究。"

"什么研究？"铁琅四下里望了望。

"我在研究植物能不能倒过来生长。"何夕认真地说。

铁琅哑然失笑，完全不相信何夕会为这样的事情思考："这还用问？这根本是不可能的事情。"

"这是两个月前在一个聚会上一个小孩子随口问我的问

题，当时兰天成也在，他也说不可能。结果，我和他打了个赌，赌金是由他定的。"

铁琅的嘴立时张得可以塞进一个鸡蛋。兰天成是兰天羽的堂兄，家财万贯，以前正是他为了财产逼得兰天羽走投无路，几乎寻了短见。要不是得到了何夕的相助，兰天羽早已一败涂地。这样的人定的赌金有多大可想而知，而关键在于，就是傻子也能判断这个赌的输赢——世界上哪里有倒过来生长的植物呢？

"你是不是有点发烧？"铁琅伸手摸摸何夕的额头，"打这样的赌你输定了。"

"是吗？"何夕不以为然地说，"你是否能低头看看脚下？"

铁琅这才注意到道路旁边斜插着七八根枝条，大部分已经枯死。但是有一根的顶端却长着一个翠绿的小枝。小枝的形状有些古怪，它是先向下，然后才又倔强地转向天空，宛如一个钩子。

铁琅立时倒吸了一口气，眼前的情形分明表示这是一株倒栽着生长的植物。

"你怎么做到的？"铁琅吃惊地问。

"我选择最易生根的柳树，然后随便把它们倒着插在地上就行了。"何夕轻描淡写地说，"都说柳树不值钱，可这株柳树倒是值不少钱，福利院里的小家伙们可以添置新东西了。"

"可是你怎么就敢随便打这个赌，要是输了呢？"铁琅不解。

"输啦？"何夕一愣，"这个倒没想过。"他突然露出招牌坏笑来，"不过，要是那样的话，你总不会袖手旁观吧？怎么也得承担个百分之八九十吧？朋友就是关键时候起作用的，对吧？"

铁琅简直哭笑不得："你不会总是这么运气好的，我早晚会被你害死。"

何夕止住笑："好了，开个玩笑嘛！其实我几岁的时候就知道柳树能倒插着生长，是贪玩试出来的。不过，当时我只是证明了两个月之内有少数倒插的柳树能够生根并且长得不错，后来怎么样，我也没去管了。不过，这已经符合赌局胜出的条件了。这个试验是做给兰天成看的。他那么有钱，拿点出来做善事也是为他好。"

铁琅还想再说两句，突然想起身边的人还没有做介绍，稍稍侧了侧身说："这位是常近南先生，是我父亲的朋友。他最近遇到了一些烦恼。他一向不愿意求人，是我推荐他来的。"

常近南轻轻点头，看上去的确是那种对事冷漠、不愿求助他人的人。常近南眯缝着双眼，仔细地上下打量着何夕，弄得何夕也禁不住朝自己身上看了看。

"你很特别。"常近南说话的声音有些沙哑；不过应该不是病，而是天生如此，"老实说，你这里我是不准备来的，只是不忍驳了小铁子的好意。来之前，我已经想好到了这里打了照面就走。"

何夕不客气地说："幸好我也没打算留你。"

"不过，我现在倒是不后悔来一趟了。"常近南突然露出笑容，脸上的阴霾居然淡了很多，"本来我根本不相信世上有人能对我现在的处境有所帮助，但现在我竟然有了一些信心。"

铁琅大喜过望，他没想到见面的这几分钟竟然让多日愁眉不展的常近南说出这番话来。

"哎，你可不要这样讲。"何夕急忙开口，"我只是一个闲人罢了。"

常近南悠悠地叹口气："我一生傲气，从不求人。眼下我所遇到的算得上是一件不可能解决的事情。"

"既然是不可能解决的事情，你怎么会认为我帮得上忙？"何夕探询地问。

常近南咧嘴笑了笑，竟然显出儿童般的天真："让植物倒着生长，难道不也是一件不可能解决的事情吗？"

二

常氏集团是知名企业，经营着化工、航运、地产等诸多产业。常家居于檀木山麓，对面即风景秀丽的枫叶海湾，内景装饰豪华但给人简约的感觉，看得出主人的品位。

常近南将客厅里的人依次给何夕做了介绍。常青儿，常近南的大女儿，干练洒脱的形象使她有别于其他一些富家女，她不愿荫庇于家族，早早便外嫁他乡，自己打拼。但天不佑人，两年前一场车祸夺去了她丈夫的性命。伤痛加上思乡，常青儿几个月前便回到家中，陪伴父亲。常正信，25岁，常近南唯一的儿子，半月前刚从国外学成归来，暂时没有什么固定安排，就留在常近南身边，帮助其打理一些事务。

何夕打量着这几个人，脸上带着礼节性的笑容，从表情上看不出他的想法。常青儿倒是有几分好奇地望着何夕，因为刚才父亲介绍时称何夕是博士，而不是某某公司的什么人，印象中这个家很少有生意人之外的朋友到来。何夕的目光集中在常正信身上，对方身着一套休闲装，很随意地斜靠在沙发上，他对何夕的到来反应最冷淡，只简单打了个招呼便自顾自地翻起杂志来。何夕并不是用全部时间盯着常正信，只不过是利用同其他人谈话的间隙而已。不过，对何夕来说，这已经足够获取他想要的信息了。随着对常正信观察的深入，他对整件事情产生了兴趣，同时他也意识到这件事情可能不会那么简单。本来，当常近南请他来家中"驱鬼"时，他还以为这只是某个家里人的歇斯底里而已，这在那些富人家里本不是什么稀罕事，但现在他不这么看了。照何夕的观察，这个叫常正信的年轻人无疑是正常的，他应该没有什么精神方面的障碍，那么又是什么原因令他做出那些让自己的父亲也以为他"撞鬼"的事情呢？

常近南的书房布置得古香古色，存有大量装帧精美的藏书，其中居然还有一些罕见的善本。

何夕是个不折不扣的书虫，这样的环境让他觉得惬意。

常近南关上房门着急地问："怎么样？你们看出什么来了吗？"

"老实说，我觉得贵公子一切都好好的，看不出什么异样来。"何夕慢吞吞地说。

"我也觉得他很正常。"铁琅插话道。

常近南有些意外："你们一定是没有认真看。他一定有问题，否则怎么可能逼着我将常氏集团的大部分资金交给他投资。虽然……"常近南欲言又止。

"虽然什么？如果你不告诉我们全部实情的话，我恐怕帮不了你。"

"我不知道该不该说出来。"常近南的脸色变得古怪起来，仿佛还在犹豫，但最终，他对儿子的担心占了上风，"虽然他本来已经做到了，但在最后一刻他终止了行动。"

"什么行动？"何夕追问道。

常近南叹了口气："那是 7 天前的事。那天早晨，正信突然来到我的卧室，建议我将所有可用的资金立刻交给他投资欧洲一家知名度很低的公司。我当然不同意，正信很生气，然后我们发生了激烈的争吵。我问他是不是得到了什么可靠的内幕消息，他却不告诉我，只是和我吵。这件事让我心情很糟糕，身体也感到不适，所以我没有到办公室，但上午却发生了奇怪的事情。"

常近南迟疑了一下，然后在桌上的键盘上敲击了几下："你们看看吧！这是当天上午公司总部的监控录像。"

画面显然经过剪辑，因为显示的是从几个不同角度拍摄的图像——常近南正走进常氏集团总部的财务部，神色严肃地说着什么。

"据财务部的人说，是我向他们下达了资金汇转的命令。"

"可那人的确是你啊！"铁琅端详着画面说，"你们的监控设备是顶尖水平的，非常清晰。"

"也许除了我自己之外，谁都会这样认为。哦，还有常青儿，她那天上午和我一起在家。这人和我长得一样，穿着我的衣服，但不是我。"

"会不会是常正信找来一个演员装扮成你，以便划取资金？"何夕插话道，"对不起，我只是推测，如果说错了话请别见怪。"

"世上没有哪个演员有这样的本事，我和那些职员朝夕相处，他们不可能辨别不出我的相貌和声音。"常近南苦笑，"你们没有见到当他们事后得知那不是我时的表情，他们根本不相信我说的话。"

画面上，常近南做完指示后离开，在过道里踱着步，并在窗前眺望着远处。几分钟后，他突然再次进入财务部，神色急切地说着什么。

"那人收回了先前的命令，不知道是什么原因。"常近南解释道。

这时，画面中的常近南急急忙忙地进到一间空无一人的会议室里，锁上门。他搜索了一下房间，然后在墙上做了一个动作。

"他堵上了监控摄像头，但他不知道会议室里还有另一个较隐蔽的摄像头。"

那人面朝窗外伫立。他的双手撑在窗台上，从肩膀开始，整个身躯都在剧烈颤抖。从背影看，这似乎是一个充满痛苦的过程，有几个瞬间，那人几乎要栽倒在地。这个奇怪的情形持续了约两分钟，然后那人缓缓转过头来……

"天哪，常正信！"铁琅发出一声惊呼。

砰的一声，书房的房门突然被撞开了，一个黑影闯了进来。"为什么要对外人讲这件事，你答应过不再提起的！"声音立刻让人听出这个披头散发的黑影正是常正信，但这已经不是客厅里那个温文尔雅的常正信了。他直勾勾地瞪着屋里的几个人，眼睛里闪现出妖异的光芒。"瓶子，天哪，你们看见了吗？那些瓶子。"说完这话，他的脖子猛然向后僵直，何夕眼疾手快地扶住了他。

"快拿杯水来！"何夕急促地说。

常正信躺在沙发上，喝了几口水后平静下来。过了一会儿，他睁开眼望着四周，似乎在回想刚才发生的事情。

"告诉我发生了什么？"何夕语气和缓地说。

常正信迷茫地望着何夕："我怎么在这里，真奇怪。"他看到了常近南："爸爸，你也在，我去睡觉了，晚安。"说着话，他起身朝门外走去。

"好了，何夕先生，你大概也知道我面临的处境了吧？"常近南幽幽开口，"事后我问过正信，但他拒绝答复我。我现在最在意的就是家人的平安。也许真的是什么东西缠住了他。也许这个世界上只有你能够帮助我了，只要你开口，我不在乎出多少钱。"

"那好吧。老实说，吸引我的是这个事件本身而不是钱，不过你既然开口了我也不会客气。"何夕在纸上写下一行字递给常近南。

铁琅迷惑地望着何夕，虽然何夕的事务所的确带有商业性质，但他从未见过何夕这样主动地索取报酬。不过，比他更迷惑的是常近南，因为那行字是"请立刻准备一张到苏黎世的机票"。

铁琅抬头，正好碰上何夕那招牌式的坏笑。"常正信不是在瑞士读的书吗？"他的目光变得锐利起来，"也许那里会有我们想找的东西。"

三

在朋友们眼中，何夕是一个很少犯错误的人，也就是他说的话或是写的文字极少需要变动。不过，最近他肯定错了一次，他本来叫人准备一张机票，但实际上准备的却是3张，因为来的是3个人，除了他之外还有铁琅和常青儿。铁琅的理由是"正好放假有空儿"，常青儿只说想跟来，没说理由。不过，后来何夕才知道这个女人做起事来"理由"两个字根本就是多余的。

苏黎世大学成立于1833年，是培养了无数优秀人才的摇篮。何夕看着古朴的校门，突然露出戏谑的笑容："要是校方知道他们培养了一个不借助任何道具，能够在两分钟内变成另一个人的奇才，不知会作何感想。"

来之前，何夕已经通过各种渠道了解了常正信求学时的一些概况，比如成绩、租住地、节假日里喜欢上哪里消磨时间、有没有交女朋友等，以至于常青儿都忍不住抗议，要求尊重一下常正信的隐私。

"那些无关紧要的事情就没必要查了吧。"她扯着尖尖的嗓门试图保护自己的弟弟。

"问题是你怎么知道哪些事无关紧要。"何夕反驳的话一向精练，却一向有效，总是顶得常青儿哑口无言。

卡文先生的秃头从电脑屏幕前抬了起来："找到了。常正信是一个比较普通的学生，没有什么特别的地方。"

"是这样，"何夕信口开河道，"他现在已被提名参选当地的十大杰出青年，我们想在他的母校，也就是贵校，找一些不同寻常的经历，作为他的事迹。"

"我再看看。哦，他专业成绩好像一般，但在选修的古生物学专业上表现不错。你知道，我校的古生物研究所具有国际知名度。这对你们有用吗？他的论文是雷恩教授评审通过的。我看看，对了，雷恩教授今天没有课程安排，应该在家里。"

……

"常正信？"雷恩教授有些拗口地念叨着这个名字，"你们确定他是我的学生？"

常青儿也觉得有些唐突了："他只是在这所大学读书。他不喜欢自己的制药专业，却对古生物学颇感兴趣，而您是这方面的权威，所以我们猜测他可能会与您有较多的联系。"

雷恩蹙眉良久，还是摇了摇头："也许他听过我的课吧？见了面我大概能认识，但实在想不起这个名字。其实，你们东方人到这里留学一般都是选择像计算机、财会、法律等实用性很强的学科，很少会选我这个专业。"

"其实我倒是一直对这门学问非常感兴趣，只可惜当年家里没钱供我。"何夕突然说道。

"这倒是实话。"雷恩笑了笑，"这样的超冷门专业的确只有少数从不为就业发愁的有钱有闲的人才会就读。就连我的女儿露茜，"他朝窗外努努嘴，"对我的工作也毫无兴趣，不过也许今后我有机会培养一下我的小外孙，哈哈哈。"雷恩说完，爽朗地大笑起来。

　　何夕顺着雷恩的目光看过去，室外小花园里一个容貌秀丽的红衣女子正在修剪蔷薇，她的左手轻抚着隆起的腹部，正如所有怀孕的女人一样，脸上满是恬静而满足的笑容。

　　从雷恩的住所出来，何夕准备找常正信的房东了解些情况。他们已经了解到常正信那几年基本上是住在同一所房子里。何夕让常青儿开车，他想抽空打个盹儿。就在他刚要放下座椅靠背的时候，他用余光从后视镜里发现了情况。

　　"我们被跟踪了。别往后看，往前开就行。"何夕不动声色地对常青儿说。

　　"哪儿，是谁？我怎么看不到？"常青儿惊慌地瞟了一眼后视镜，在她看来一切如常。

　　何夕没好气地指着前方说："如果你也能察觉的话，他们就只能改行开出租车了。"

　　"不知道会是些什么人。"铁琅倒是很镇定。同何夕在一起时间长了，这样的场面他早已司空见惯。

　　"看来，是有人知道我们在调查常正信，本来应该小心点才是。"何夕叹气，神色却很兴奋，对手的出现让他觉得和真相的距离正在缩短。

"我们要不要改变今天的计划？"铁琅问道。

"不用，反正别人已经注意到我们了。"

四

戴维丝太太的房子是一座历史久远的古宅，院落宽敞，外墙上爬满了翠绿的植物。她是一位退休护士，大约70岁，体形微胖，皮肤白皙，10年前起就一直独居。了解了这行人的来意后，她并没有显得太意外，仿佛知道会有这么一天似的。不过，出于德裔人的谨慎，她专门从一个资料柜中取出封面上有常正信名字的信封，然后要求何夕说出常正信正确的身份代码。当然，因为常青儿在场，这不算什么难题。

"常的确有些与众不同。"戴维丝太太陷入回忆，"我的房子是继承我叔父的，不算巨宅，但也不小了。由于我一个人住不了那么大的房子，所以一直都将底层出租，这里本来就偏僻，附近大学的学生是我比较欢迎的租客。以前都是10多个学生分别租住在底楼的房间里。常来的时候正好是新学期的开始，常要求我退掉别人的合约，违约的钱由他负责。因为他要一个人租下所有的房间，还包括地下室。看得出他很有钱，但我实在想不出一个人为何需要这么多房间，更何况还有地下室。但常从来不回答我的这些问题，我也就不再问了，反正对我来说都一样。"

"他总是一个人住吗？有没有带别的人来？"何夕插话道。

"这也是我比较迷惑的地方。虽然我并不想关心别人的私事，但他的确从来没有带过女朋友之类的人来。倒是每隔些日子就有几位男士来访，而且每次并不总是同样的人，但衣着打扮非常接近。怎么说呢，虽然现在许多人在穿着上都比较守旧，但他们这些人也的确显得太守旧了些，不过二三十岁的人，却总是一身黑衣，就连里面的衬衣都像是只有一种灰色。"

"我的老天，正信不会加入什么组织了吧！"常青儿脱口而出。

"应该不是的。"戴维丝太太露出笑容，"他们只是在一起谈论问题。那都是些我听不明白的东西，有时候声音很大，但多数时候声音是很小的。我的耳朵本就不好，基本听不见他们说什么。我的房子比较偏僻，除了他们之外，没什么人来。"

"光这些也说不上有什么奇特啊！"铁琅说道。

"不过，有一件事情一直让我觉得奇怪。"戴维丝太太接着说，"就是你弟弟住下不久之后便要求我更换了功率很大的电表，那基本上是一个工厂才需要的容量了。"

何夕立刻来了兴趣："这么说，他是在生产什么东西吗？"

"我从来没有看到过他往外输送产品，所以肯定不是在办厂。他只是运来过一些箱子，然后离开的时候带走了这些箱子。在他租房期间，我从没进过地下室。"

"我们能到他住的地方看看吗？"何夕问道。

"这恐怕不行，现在住着别的人，我是不能随便进入他们的房间的。"

"那地下室呢？"

戴维丝太太稍稍迟疑了一下："这倒是可以，不过里面空空的，什么也没有，现在只放着我自己的一些杂物。"

古宅的地底阴冷而潮湿，一些粗壮的立柱支撑着幽暗的屋顶。何夕注意到，与通常的地下室相比，这里的高度有些不同寻常。常青儿或许是感到了寒意，瑟缩地抱着肩膀。

"我看层高至少有 5 米吧？"铁琅也注意到了这点，他用力喊了一声，竟有回声激荡。

一截剪断的电缆很显眼地挂在离地几米的墙壁上，看来这是常正信留在这里的唯一痕迹。就算这里曾经发生过什么，从眼前的情形看也无从得知了。何夕仔细地在四处搜索，但 10 分钟后他不得不有些失望地摇了摇头。铁琅深知何夕的观察能力，从他的表情看来，要从这里再知道些什么已是不太可能的事情。

戴维丝太太突然开口道："我想起一件事，当时常刚搬走的时候我曾经在角落里捡到过一样东西，是一个形状很怪的小玻璃瓶，我把它放在……放在……"

戴维丝太太的表述突然中止，她微胖的躯体像一团面似的瘫倒在地。何夕和铁琅的第一反应都是像箭一般蹿向地下室的出口。前方一个黑影正急速地逃走，何夕和铁琅的百米冲刺速度都是运动健将级的，只几秒钟时间，他们同那个黑影的距离已缩短到 20 米之内。但就在这时，那个黑影突然蹿向旁边的树林，然后何夕和铁琅便见到了令他们永生难忘的一幕。那个黑影居然在树丛之间荡起了秋千，就像一只长臂猿，只几个起落便甩开二人，越过高高的铁围栏，消失在茫茫夜色之中。

　　铁琅转头看着何夕，表情有些发傻，不过话还说得清楚："人猿泰山到欧洲来干什么？"

　　戴维丝太太的伤显然已经无法医治，置她于死地的是一粒普通的鹅卵石，大约两厘米见方，就嵌在她的额头左侧。看到这一幕，何夕才醒悟到自己有些大意了，不过他的确没料到会到这一步。不过，现在看来事情越来越不简单了。

　　常青儿正准备打电话报警，何夕果断地制止了她："等一下我们出去用公用电话报警，否则会被警方缠住的。"

　　"那戴维丝太太最后说的那样东西到底会在哪儿呢？"常青儿焦急地环顾四周，"要不再找找看？"

　　"不用了吧，这里何夕已经搜寻过了，他都没有发现那样东西。"铁琅抱着膀子说，样子看上去有些不负责任，说的却是大实话。

　　"我想我知道那样东西在哪儿了。"何夕突然开口道，他径直朝地下室出口奔去，留下铁琅和常青儿两人面面相觑。

这是一个很小的瓶子。它是从一个写有名字的信封里取出来的。

"既然戴维丝太太知道这是常正信遗留的东西，她自然会把它同属于常正信的其他东西放在一起。"何夕用一句话就回应了常青儿眼里的疑问，同时拿着尺子比画着。瓶身是六棱柱形，边长 0.5 厘米，高 1 厘米，虽然透明但不是由普通玻璃造的，而像是一种轻质的强度远高于玻璃的高分子材料。瓶子的顶部和底部都镶嵌着金属片，在顶部还开着两个直径约 1 毫米的小孔，但被类似胶垫一样的东西密封着。瓶子里大约装有一半的透明液体。

"我实在看不出这东西是干什么用的。"铁琅满脸不解。

何夕端详着小瓶，眼睛里有明显的迷惑："到现在为止，我只觉得这像是一个容器。"

"这我也看得出来，"常青儿插话道，"那两个小孔肯定就是注入和取出液体用的。"

何夕赞同地点头："不过，我还看出这东西应该不止一个，而是数量庞大的一组。"

"这样说没什么根据吧？"铁琅说，"它完全可能就是一个独立的配件。"

"你们注意到它的形状没有？像这种六棱柱的造型在加工上比正方形之类的要困难许多，容量上也没有大的提升，除非是有特别的考虑，否则工厂不会随便造成这个样子。"

"对啊，大量六棱柱形拼合在一起是最能节约材料和提高支撑强度的，就像蜂巢的结构。"铁琅恍然大悟道。

"那我们不妨假设一下在古宅的地下室里曾经有过数量巨大的这种小瓶子，可常正信到底在干什么呢？记得吗，在常家的书房里常正信曾经说过：'看，那些瓶子。'"何夕眉头紧锁，"还有，我们见到的那个黑影又是什么呢？"

"我从来没见过那么猛的人，他简直就是在树上飞。"铁琅抓挠着头。

"常青儿，看来要麻烦你联系一下，我们现在需要一间设施齐全的实验室。"何夕带头往外走，"现在我们还是赶紧离开吧！"

五

常氏集团在瑞士并没有产业，但有生意伙伴。仅 10 个小时之后，何夕已经有了一间工作室，这是一家制药公司的实验室，鉴于瑞士制药业的水平，这间实验室的配置在这个星球上大约算是顶级的了。不过，何夕很快便发现其实有些小题大做了，因为从容器里取出的液体成分实在太简单了。

经过测算，每千克这种液体中大约含有 23 克氯元素、12 克钠元素、9 克硫元素、3 克镁元素，还有不到 1 克的钙元素和钾元素，剩下的就是一些微量元素和水了。现在实验室里就只有这么一张化验结果，以及三张愁眉不展的脸。怎么说呢，它的成分太普通了，就像是随便从太平洋某个角落里汲取的一滴水。当然，这只是一个比喻，因为它和通常的海水之间还是有些不同的，比如硫和镁的含量显得稍高了一些，但没有什么本质的区别，就像是在某个特殊地域采集的一滴海水。地球上这种地方有的是，比如海底烟囱附近，又或是像红海一类的特殊海域。

"看来我们有方向了。"铁琅先开口道，"我想，应该拿它同世界各地的海水成分进行比对，确定一下它是从什么地方运来的。等会儿我到专业网站上查询一下。如果他们曾经运送过大量的海水的话，肯定会留下线索的。"

"可我弟弟拿这些海水来干什么呢？"常青儿皱着眉，"他从小对化学就不感兴趣，本来我父亲是希望他在制药业上有所发展的，但他一直不喜欢这个专业。"

"我倒是觉得整个事件越来越有意思了。"何夕脸上掠过一丝奇怪的表情，望着铁琅，"虽然并没多少证据，但我有种预感，你很可能查询不到匹配的结果。"

"你是说这可能不是海水？那我可以扩大范围，顺带查一下各个内陆湖的数据，应该能找到接近的结果吧。"

"但愿你是对的。"何夕若有所思，"也许是我想得太多了。"

"难道你有什么猜测吗？"常青儿追问道。

"我只是在想……"何夕的语气有些古怪，"那个能在树上飞的人是怎么回事？"

"也许他是个受雇于人的高手。"常青儿插言道，"就像是那些从事极限运动的跑酷运动员。"

"我见过跑酷，但……"何夕看了铁琅一眼，"你觉得他是在跑酷吗？"

铁琅脸上的神色变得凝重起来："我有些明白你的意思了。"

常青儿着急地叫嚷起来："你们在说些什么啊？"

铁琅苦笑了一下："我是说，世界上没有人能够像那个家伙那样跑酷，他在树上跳跃的时候不会输给一只长臂猿。"

"你们的意思是……他不是人？"常青儿的眼睛比平时大了一圈。

"我只是觉得他在地上跑的时候肯定是个人，在树上跳的时候绝对不是人。"何夕说道。

六

享誉世界的瑞士风光果然名不虚传。铁琅今天要查神秘液体的来路，至少要大半天的时间。常青儿待不住，要去游览名胜。以何夕一向的绅士做派，当然只能陪同侍驾。直到这时，何夕才领教了像常青儿这样的女人有多难伺候。首先，由于出身和见识的原因，她的眼光的确独到，对于一般的景色基本不屑一顾，总是四处寻找出奇的风光；同时，由于做事一向泼辣干练，常青儿对于入眼的景色每每又不甘于远望，只要有可能，就非得凑到跟前一睹究竟不可。这就苦了何夕，手里大包自然提着，还得逢山开路、遇水架桥，要不是仗着身体强壮早累趴下了！何夕只好在心里宽慰自己，幸好常大小姐只是在郊外踏青而不是游览瑞吉山或是皮拉图斯山。

现在，他们终于上到一处坡顶，放眼看去，一条平坦的小径徐缓下行，看来前面再无险途。何夕长出口气，这时，他的余光斜上方 10 来米高的地方突然出现团粉色的影子，几乎是电光石火之间，何夕将左手的包甩到了肩上。但已经迟了，他没能挡住常青儿的视线。

"好漂亮的花儿啊！"常青儿叫嚷起来，"你看那儿，我从来没有见过这么粉的蔷薇。"

说完，常青儿不再开口，转头热切地看着何夕。何夕望着她绯红的脸颊，微微带汗的几缕发丝在风中颤抖，只得在心里叹口气，认命地放下手里的包，开始朝山壁攀缘。提包口张开了，可以看到里面已经放了一些"很紫的玫瑰"、"又漂亮又光滑的鹅卵石"以及"好青翠的树叶"。

"只要一枝就够了，还有，别伤了它的根！"常青儿对着何夕大喊，看来她并不贪心。就在这时，一只粗大的手搭在了她的肩膀上。

　　……

　　"我们谈谈吧，何夕先生。"来者是4个身着黑袍、只露双眼的人，说话的是来人中个头最高的一位。他说的是英语，只是口音有些怪。

　　何夕看了眼被反缚双手的常青儿，放弃了反抗的念头："你们想谈什么？"

　　"是这样，你们不觉得自己闯到了不该去的地方了吗？"

　　"我只是想帮助这位女士的弟弟，他的家人很担心他。"何夕斟酌着用词，他还摸不准对方的意图。

　　"我们调查过你，知道你的一些传奇故事。老实说，我们很尊敬你，我们不打算与你为敌。这样吧，如果我们保证以后不再和常正信联系，也就是说，他不必再要求他的父亲投资给我们的公司。这样的话，你能否就此罢手？"

　　"我们不需要和他谈判！"旁边一个个子较矮、手臂却显得有些长的黑袍人插话道。何夕感觉他的眼神就像两把充满戾气的匕首，亮得刺人。矮个黑袍人说："常正信会配合我们的。眼下这个家伙交给我收拾好了。"

　　"现在是我在说话。"高个子黑袍人声音高亢，"难道你要违背我的命令吗？"

那人不情愿地退下了，眼里依然愤愤不平。

"我好像根本没有选择的余地。"何夕笑了笑，"加上常青儿还在你们手里，我们俩可不想出什么意外。不过，你能兑现你的承诺吗？"

"这不成问题。我们是商人。商人想多得到一些投资也是正常的要求吧？既然现在出了这么多麻烦，我们也觉得得不偿失，所以你不必怀疑我们的诚意。"

"那好吧，我们明天就离开瑞士。现在，请将这位女士的手交给我吧！"

"这样最好，哈哈哈。"高个子黑袍人满意地大笑几声。常青儿的双手被松开了。她呻吟一声倒在何夕的臂弯里，身体仍止不住地发抖。4个黑袍人像出现时一样快速地消失在了黄昏的峡谷里，四周只剩下冷风呜咽。

七

四川南部，守苑。

从瑞士回来已过半月。这段时间以来，何夕回绝了所有应酬，独自一人留在这处能让他心绪平静的地方，想一些只有他自己知道的事情。铁琅和常青儿天天打电话，但何夕一直说还不到时候。直到前天上午，他突然请铁琅和常青儿过来，算起来他们应该快到了。

黄昏的湖畔充满了静谧的美，夕阳洒落的碎屑在水面上跳着金色的舞蹈。所谓的"湖"，其实是一个有些拔高的说法，眼前的这并不浩渺的一汪水称作"池塘"也许更加贴切。何夕伫立在一株水杉树旁，凝视着跳荡的水面，像是痴了。

"想什么呢？"不知什么时候，铁琅和常青儿已经站在了一旁，当然与这句问候相伴的照例是铁琅重重的拳头。

"阳光下的池塘很美，不是吗？"何夕的声音与平时不太一样。

"还行吧。"常青儿环视了一下，"可没瑞士的风景好。"

"你们看过法布尔的书吗？"

"不就是写《昆虫记》的那个博物学家嘛！"铁琅咧嘴一笑，"以前看过，觉得很好玩。一个大人像孩子一样天天对着小虫子用功，不过，他真是观察得很仔细。我记得有一篇写松毛虫的，他发现松毛虫习惯一只接着一只地前进。他故意让一队虫子绕成圆圈，结果那些松毛虫居然接连几天在原地转圈，直到饿晕为止。当时我一边看这一段，一边想象着一队又胖又笨的松毛虫转圈，肚子都笑痛了。"

"还有这么好玩的书啊，以后我一定要找来看。"常青儿插话道。

"现在我屋里就有一本。不过，我最喜欢的是法布尔笔下的池塘，那是个充满生命之美的地方。"何夕的眼神变得有些迷离，"我觉得当这个世界上有了阳光、池塘之后，所有后续的发展其实都是顺理成章的事情。阳光下的池塘是唯一关键的章节，故事到此，高潮已经达成，结局也早就注定，后面的那些蓝藻、草履虫、小麦、剑齿虎、孔子、英格兰、晶体管等其实都只是旁枝末节的附录罢了。"

"你在说什么啊？乱七八糟的！"铁琅挠了挠头，和常青儿面面相觑。

"好吧，还是说正题吧！"何夕招呼二位坐下，品尝他喜欢的龙都香茗，"常青儿，我前天说的事情办好了吗？"

"还说呢。一连那么多天谁都不理，突然打个电话来就是让我去悄悄收集我弟弟脱落的脚皮。"常青儿忍不住发着牢骚，"这叫什么事啊！"

"你没办吗？"何夕有些沉不住气，他实在没有把握摸透这女人的脾气。

"哪儿敢啊，是大侦探的命令嘛！"常青儿调皮一笑，"那些脚皮都送到了你指定的中国科学院病毒研究所，他们保证结果出来后马上同你联系。可你为什么要这么做？"

何夕沉默了几秒钟："知道我当时为什么要答应离开瑞士吗？"

"问题已经解决了啊！那些人不就是想通过我弟弟得到常氏集团的投资吗？现在他们放弃了。这种事在生意场上很常见，只不过他们的手段比较过分罢了。你帮我们查清了真相，我父亲很感激你，还特意委托我这次来一定要邀请你到家里做客。我父亲说了，"常青儿的脸突然微微一红，"常家的大门永远都对你敞开。"

"是啊，问题已经解决了。"何夕低声说道，"我都没有想到会这么快就办到了。可是……"

"可是什么？"

"相比于我以前经历过的一些事件，这件事起初显得非常诡异，调查起来却非常顺利，真相仿佛一下子就浮现出来了。但其中还有一些疑点没有得到解释。比如说，常正信变脸那次……"

"我分析那应该是一种魔术。"铁琅插话道，"就像当年大卫表演的一些节目，直到现在都还没有人说得清楚其中的奥妙。"

"可是我不这样想。"何夕摇摇头，"那些人花费了那么多精力，设计了那么多圈套，最后却轻描淡写地放弃了事，这不符合常理。"

"他们不是说是因为不愿意与你为敌吗？"常青儿提醒道。

"你太抬举我了。"何夕苦笑，"我没有那么大的影响力。我问你：你们常氏集团有多少资产？常正信名下又会有多少？他们本来已经完全控制了常正信，巨大的利益已是唾手可得，现在为什么会主动放弃？"

"你这么讲，我也觉得有些奇怪了。"常青儿不自信地嗫嚅道。

"所以，我分析他们的承诺只是拖延时间的权宜之计，他们似乎……在等待着什么事件的发生。也许，到时候这个故事才会真正开始。"

"你都把我说糊涂啦！"铁琅一头雾水地说道。

"我现在也说不太好，就算是直觉吧！不过，我想事情的真相总会弄清楚的。"

这时，何夕的电话突然响起来："是我，崔则元。"一个穿着白色工作服的人出现在电话屏幕上。

"结果出来啦？"何夕的语气显得很兴奋。

"我不明白你为什么要跟我们大家开这个玩笑。"崔则元的表情很严肃，"那位女士说你要求我们在最短时间内给出结果，我的助手放弃了休假，没想到却是个恶作剧，虽然我们是朋友，但这也太过分了点吧？"

"等等。"何夕有些发蒙，他没想到一上来就被劈头盖脸训了一顿，"我只是拿了一份人体样品给你检测一下DNA序列，这是你的本行啊，怎么就过分啦？"

"可你拿给我的根本不是什么人体样品啊，虽然它看起来和人体脱落的皮肤一模一样。我不知道你玩的是什么魔术，可里面根本就不包含DNA，听清楚了吗？它里面没有脱氧核糖核酸，没有双螺旋结构，连蛋白质都没有——它根本就不是人体样品，甚至也不是任何生物的样品！"

"啊？"何夕转头看着常青儿，"你确定拿的是你弟弟的脚皮吗？"

"我当然确定！"常青儿委屈地叫了起来。

何夕蹙紧了眉，良久之后从椅子上撑起身："走吧，我们该出发了。"

"到哪儿啊？"铁琅问道。

"去看看那件不是样品的样品。"何夕有些恼火地捏了捏拳头，"看来故事终于开始了。"

八

湖北省武汉市，中国科学院病毒研究所。

在崔则元看来，何夕近来大概是有些不正常。大家相交多年，还从来没有像现在这样话不投机。说起来，崔则元走上现在这条道路还跟何夕有点关系，在中学时代崔则元正是受了何夕的影响才对生物学产生了浓厚的兴趣。不过后来崔则元才知道，对何夕来说生物学只是一个普通爱好罢了，何夕后来并没有像其他人一样升入正规的大学，他放弃了考试，一个人跑到不知什么地方逍遥去了。在差不多 8 年的时间里，所有人都

同何夕失去了联系，等到何夕重新回到原有的圈子里时，原来
那个面色苍白显得有些青涩的少年已经变得皮肤黝黑、目光灼
人。关于那几年的经历，何夕从来都没有正面回答过别人的询
问，有时候被人问得急了就说是到"阿尔西亚山"参禅去了。
只有少数相关专业人士能从这句话立刻听出何夕是在胡诌，因
为虽然真的有一座"阿尔西亚山"，但是它却位于火星。

　　虽然崔则元认定何夕这次是在胡闹，但凭多年的经验，他
深知何夕的狡辩本事，所以并不敢大意。崔则元至今还记得多
年前的一件小事，当时几位朋友对何夕那与众不同的往左斜梳
的发型产生了兴趣，于是借机追问何夕为什么总是特立独行，
连头发都和大多数人弄得不一样。结果，何夕只一句话便让大
家乖乖闭上了嘴："你们照镜子欣赏时头发不全是往左梳的
吗？这说明往左梳才好看。"

　　这次让崔则元觉得不对劲的是何夕居然要求他们重做实验，
以便从那些根本不是生物材料的样品里面找出"也许隐藏了的
DNA"。

　　"开什么玩笑？"崔则元嚷嚷道，"你不会怀疑我们的技
术吧？我们这里可是全亚洲最好的生物实验室。明明是你拿来
的样品有问题。"

　　何夕正在电脑上打游戏，这是他休息的一种方式。屏幕上
是古老的任天堂游戏《超级玛丽》，那个采蘑菇的小人儿正起
劲地蹦跶着。《超级玛丽》是何夕儿时的一种鼻祖级游戏机上

的经典，现在何夕是通过电脑上的模拟器来玩。也许是童年时的印象太深，直到现在何夕也只喜欢这些画面简单却充满无穷乐趣的游戏，他觉得这才是游戏的精髓。听到崔则元的话，何夕有些恋恋不舍地关掉程序，开口道："可常青儿向我保证这的确是人体皮肤样品。"

崔则元不客气地反诘："女朋友说得总是对的，是吧？"他的这句话立刻让一旁的常青儿羞红了脸，局促地低下了头。

"那你们分析出来样品到底是什么了吗？"铁琅恰到好处地岔开话题。

"老实说，我们也正在伤脑筋。虽然我们知道这不是生物材料，却不知道它到底是什么东西。"崔则元困惑地挠着头，"我从来没有见过这种东西。它像是一种全新的高分子聚合物，它的元素构成同蛋白质相似，也是碳、氢、氧、氮等的化合物，但各元素的比例完全不对，而且分子量很大。"

"这么说，它是一种高分子化合物？"何夕沉思着，"可怎么会来自常正信的身体？"

崔则元简直无语了，他脸上的表情已经代替他下了结论：感情真的会让人变蠢，即便是像何夕这样的所谓聪明人也不例外。"我最后再强调一次啊，它不可能来自人体。"

"会不会常正信的体表覆盖了这样一种特殊材料？"铁琅突然开口说出自己的推测。

"这倒很有可能。"崔则元表示赞同。一旁的常青儿也忙不迭地点头。

一丝神秘的笑容在何夕脸上浮现开来："虽然这个解释看起来很不错，但我不这样认为。这样吧，我请你们再做一次实验。"何夕转头对常青儿说，"你弟弟应该快来了吧？我们到机场接他。"

"你为什么要我骗他说是来武汉旅游，我不能说实话吗？"常青儿不解地问。

"常正信知道的应该比我们多一些，我们必须有所防备。"何夕转头看着崔则元，"等会儿打麻醉剂时手脚可得快点。"

"哎，我们是不能违背当事人的意志采集样品的。这是有法律规定的。"崔则元听出了其中的奥妙，急忙发表声明，"违法的事情，我不能做。"

"违法的事你做得来吗？你以为是个人就能犯法吗？那得具备必要的才能，比如像我和铁琅这样的。"何夕得意地拍了一下胸脯。

"那也不行。如果你们不能保证事情合法，我是不会配合的。"崔则元很坚持。

何夕同铁琅对视一眼，露出招牌式的坏笑。他从上衣口袋里拿出一张纸递给崔则元。

"这也能拿到。"崔则元看着大红印章，隐隐觉得事情越来越不简单。

"所以说，崔则元同志，执行命令吧！"何夕语重心长地说。

九

常正信已经进入了深度麻醉状态。何夕端详着常正信的脸，特别注意观察着常正信的皮肤，但无论他怎么仔细，也没能看出有什么特别的地方。这次采集的样品是 7 个，分别采自常正信不同部位的组织。此前，崔则元还从来没有从一个人身上采集过这么多样品。因为按照 DNA 鉴定的原理，采集一个就足够了，但是何夕坚持要这么做，却无法说出理由。不过，崔则元已经感觉到这本来就是一件不合常理的事件，也许应对的方法也应该不合常理。

检测结果对崔则元来说完全是一场灾难。

"这不可能。"崔则元面色苍白，同众多以技术立身的人一样，他一向有着稳定的心理素质，但他现在面对的是远远超出了他的全部想象力的事件。7 件样品中有 6 件样品的结果同第一次实验是一样的，只有 1 件样品表现出了人体生物学特征。如果按照这个结果来看，常正信基本上就不是人类。但这怎么可能？每件样品都是崔则元亲自采集的，为了彻底驳倒何夕，他甚至没让助手帮忙！

"你们明白吗？他根本不是人类！"崔则元大叫道，"你们明白吗？"

"那他是什么？另一种生物？"铁琅的面色一样苍白。之前的结果还可能是因为常青儿拿错了样品，但现在却是由最严格的实验得出的结论。

"不，他甚至不是生物体。"崔则元的语调变得有些恐怖，"你们明白我的意思吗？所有生命的基石都是核酸，也就是DNA 或 RNA，从病毒到野草到大象再到人类，核酸的编码决定了蛋白质的性质。可他体内没有核酸，我不知道他是由什么构成的。"

"你们胡说！"常青儿大喊道，"虽然正信近来是有些古怪，但我敢肯定他就是我的亲弟弟。我不管你们的什么科学实验，我只相信自己的感觉。他就是我的弟弟。"

"不是还有一份样品的结果正常吗？"何夕倒是很冷静。

"对对，是这样的。"崔则元看了眼电脑屏幕上的结论，"那份样品取自脊髓。它部分正常，像是一个混合体，就是说它表现了部分人类特征。而且我拿这份样品同常青儿的DNA数据做过比对，如果单以这份样品来看，可以判断他们是姐弟关系。"

"脊髓。"何夕念叨了声，"那另外几份样品都分别取自哪里？"

"肌肉组织、皮肤组织、肝脏、血液及腺体组织。"

"这么说，常正信身体的绝大部分都出了问题。"

"我不知道该怎么描述。"崔则元无法抑制自己的情绪，

"他的生理机能都很正常，在显微镜下他身体的每一个细胞都充满活力，但从严格意义上讲，他的确不应该称作人类。"崔则元点击了一下键盘，屏幕上立刻显出电子显微镜下一群活细胞的图像。"这是取自肝脏的部分。"崔则元补充道。

　　"难道他是机器人？"铁琅分析道，"或者说，是一种复合型的机器人？因为他毕竟还有少量人类的成分。"

　　"但是你们知道我的感觉吗？"何夕凝视着屏幕，"崔则元，你是专家，你能看出这群肝脏细胞同正常人的肝脏细胞的区别吗？"

　　"说实话，我不能。"崔则元无奈地承认，"你们看这里，液体在流动，线粒体在燃烧，葡萄糖酵解成丙酮酸，并在三羧酸循环中释放出大量的三磷酸腺苷，由此提供生命必需的能量。一切都井井有条。"

　　"这也正是我的感觉。"何夕的声音变得有些古怪，仿佛是在宣告着什么，"所以它们不可能是机器，它们是生命。"

　　"可它们没有 DNA，也没有蛋白质，不可能是生物体！"崔则元近乎绝望地想要捍卫自己的信念，虽然他感到自己心中那座曾经坚不可摧的大厦正在何夕的话语中坍塌。

　　"我没说它们是生物体啊，"何夕淡淡地纠正道，"我只是说它们是生命。"

十

北京，某地。

"你们怀疑这可能是一次生化事件的前奏？"齐怀远中将在静听了 10 分钟后发言道。他大约 50 岁，身形瘦削，目光中闪烁着军人特有的坚毅。

"这正是我们求助军方的原因。本来事情的起因只是有人企图非法获取他人的资金，但现在看来，问题远不止于此。一种奇怪的技术出现了。"何夕尽量让语气平缓，他同齐怀远并不是初识，在以前的一次突发事件中他们打过交道，何夕在其中起到了重要的作用，但是出于可以理解的原因，这一点在军方档案中并没有任何记录。

"他们的目的是什么？"

"现在还不知道，但这个世界至少已经有了一些怪异的个体。我知道其中一个人能像猿猴一样在树上跳跃，并且能用一颗小石子轻取他人性命；另一个则能够随意改变自己的相貌。"

"听起来就像是神话。"齐怀远目光深邃，如果对方不是何夕的话，他早就对这番奇谈怪论嗤之以鼻了，"那你要我们做什么呢？"

"尽可能地给予我们帮助。"

"在苏黎世，我们没有太多力量，你知道那里并不是热点地区。"

"但是你可以动用其他的力量，包括盟友。我是说，包括你能运用的一切力量。"

"有必要吗？现在事情的真相还没有弄清，也许这只是一个局部事件。"

"也许你还不清楚我的意思。"何夕正色道，"如果你看到过那些细胞，如果你从生命的角度来看问题，你就会意识到这是一个多么严重的事件。"

"有多严重？"齐怀远被何夕严肃的语气所惊到。

"就一般的生化事件而言，往往是某种致病性微生物参与其中，导致一定数量的人群受到感染并出现病理特征；而现在我们面对的却是一种未知的现象，准确地说，我们见到了一种此前地球上根本不存在的生命现象。"

"对不起，你的话让我理解起来有些困难。"

"在我们的世界上存在着几百万个物种，加上那些曾经存在但现在灭绝了的，数量则更为庞大。从几微米的病毒到高达百米的美洲红杉，从深海巨乌贼到南极地衣孕育的孢子，生物界按门、纲、目、科、属、种的规律分成了各个类别。生物体之间无论是外形还是功能都存在着巨大的差异，但是从根本上说，所有生物都具有同一性，即它们都具有相同的遗传物质类型，它们之间的差异只是 DNA 或 RNA 的编码不同而已。明白我的意思吗？我们不仅和猿猴来自同一个祖先，从最根本的意义上讲，我们同你窗台上栽种的云南茶花也来自同一个祖先。但是，这次我们却见到了一种完全另类的生命。"

"你是说我们可能遭遇了外星生物的入侵吗？"齐怀远的声音有些颤抖，这在他的军人生涯中是绝无仅有的事情。

"现在我还不知道这到底是一次怎样的事件。"何夕的语气沉重而无奈，"但愿我们能早些知道事情的真相。我们需要时间，但愿我们有足够的时间。现在你明白我为什么请求你动用所有力量了吗？"

"是的，我明白了。"齐怀远拿起旁边的红色电话。

十一

苏珊在快餐店像往常一样点了一份肉馅饼和一杯咖啡。今天是周日，这个时候客人还不多。一位头发花白的老人坐在窗户边悠闲地品着红茶。两个学生模样的女孩在窃窃私语，不时发出低低的笑声。苏珊拿着汤匙慢慢地搅动着，回想着出家门时女儿艾米丽稚嫩的笑声。作为一名单身母亲，4 岁的女儿几乎就意味着她的一切。苏珊感到自己的手心很干爽，这是她觉得安全的表现。哪怕是潜意识里有一丝危险的警告，她的手心都会变得潮乎乎的，这是只有苏珊自己才知道的秘密，就连当年在特工训练营里的教官们也不知道这一点。就在这时，她看到了那个人，虽然和照片上相比并不一致，但苏珊的直觉告诉她，就是这个人了。

"和这位女士一样。"来人一边对侍者说着话，一边坐下来，他摘下墨镜，显出灼人的眼睛。来人正是何夕。

"他们给我的照片上你没有胡须。"苏珊点了点头，算是打招呼。

"是粘上去的。"何夕笑了笑，"苏黎世有认识我的人。"

"我接到的命令只有一条，就是执行你的一切命令。"苏珊的声音很低。

"我需要查询今年 4 月 13 日一批货物的流动路径，我知道它们发运的起始地点。"何夕在地图上指明了一个点。

"时间有些久了，不知道沿途的监控录像是否还保留齐全。"

"并不需要全部齐全，只要有一个大概的路线图能帮助我们推测货物的去向就可以了。"

"这应该能办到。我明天给你结果。"苏珊突然努了下嘴，"不是说你就一个人吗？那边那位一直朝我们看的人是谁？"

何夕悚然回头，虽然隔着几排座位，何夕还是一眼就认出了戴着帽子、遮遮掩掩的常青儿。常青儿大概也意识到自己已经暴露，有些不好意思地笑了笑。

"是你的搭档？"苏珊仿佛看出了点什么。

"算是吧。"何夕低头啜咖啡。

"那我先走一步。"苏珊起身，"但愿我能尽快给你带来好消息。"

何夕慢腾腾地踱到常青儿的座位边："这边有新的生意需要常大小姐亲自打理吗？"

"就是就是。"常青儿忙不迭地借坡下驴，"碰到你，真是好巧啊！"

"事情办完了吗？如果差不多了，还是早些回去吧。"

常青儿抬眼看着何夕，黑白分明的眸子里闪过一丝委屈："我知道我帮不了什么忙，可是，我真的很担心你……所以……"

何夕暗暗叹了口气，老实说，近段时间以来这个有别于一般富家小姐的常青儿已经在他心里留下了印迹，但他知道这没有太大意义，这种温馨平凡的情感对于他这样的人而言是可望而不可即的。每个人的现在其实都源自他的过去，一些事情虽然已经成为过去，却永远不会消逝。就像多年前那海边古堡里阴冷的风声，这么久了，一直还在何夕的耳边回响。

"你知道我们面对的是些什么人吗？"何夕尽力使自己的声音显得冷漠，"你留在这里只会让我分心。"

"我能照顾自己。你是在帮助我弟弟，我不能袖手旁观。"

"我以前为你们所做的只不过是商业行为，是我的工作罢了，你们也已付了足够的报酬。我现在已经不是在帮你的弟弟了，我接受了另外的委托。所以请你立刻回去吧，不要妨碍我的工作。"何夕抛下一句话后，头也不回地离开了。

十二

贝克斯盐矿位于日内瓦湖以东，总长度超过 50 千米，从公元 1684 年起一直开采至今。一年前，有位神秘人士买下了盐矿的部分废弃区，苏珊调查的结果表明，常正信运走的货物大部分正是运到了这里。贝克斯盐矿的部分已经开发成了旅游景点，但废弃区却终年人迹罕至。

从望远镜里看去，一个守夜人模样的老人斜倚在躺椅上，像是睡着了。何夕和苏珊没费什么劲便潜到了山脚，现在是夜里 11 点，从外面看上去，山壁上的入口处一片漆黑，也听不到有什么声音。旁边惨白的路灯照在草地上，一株被锯得光秃秃的梧桐树在地上投下古怪的黑影。

"我进去了，你留在这里。"何夕吩咐苏珊道，他收拾着开锁器具。洞外的轻松很可能意味着里面加倍的危险。

"随时保持联系。"苏珊手里紧攥着一支枪，声音有些微颤抖。

何夕点了点头，然后急速地从洞口进入黑暗之中。苏珊警惕地四下张望，然后退守到那株梧桐树下，借助树的阴影潜伏。苏珊对这个位置很满意，周围空旷，便于她观察，而在昏暗的路灯下，没有人会注意到这里潜藏着一个人。但不知怎的，苏珊突然感到手心里满是汗水，她觉得似乎有什么事情不对劲。几乎就在这种感觉出现的同时，苏珊感到一个铁钳一样的东西攫住了自己的咽喉。在意识即将离开苏珊身体之前的一刹那，她终于在挣扎中看见了欲置自己于死地的究竟是什么东西……

一张鬼脸！这是苏珊脑海中涌现的最后一个意识。

"啊——"一声凄厉的惨叫在黑暗中响起，是常青儿的声音。何夕从洞中冲出来，映入他眼帘的是昏厥倒地的常青儿。

……

"你醒了。"何夕关切地望着常青儿，"喝口水吧。"

"鬼脸！我看到一张鬼脸！"常青儿显然还没有从惊吓中缓过来。

"什么鬼脸？"

"是一张长在树上的鬼脸。"常青儿眼睛里充满恐惧，"太可怕了！"

"树上的脸？"何夕沉吟着，他突然失声叫道，"是那棵梧桐树！我出来的时候那棵树和苏珊都不见了。我知道了，那根本就不是一棵树，而是一个人！守夜的老人只是一个摆设，他才是真正的警卫。"

"对不起，我悄悄跟踪了你。"常青儿嗫嚅着，"我只是担心你。"

"看来这一次是你救了我。如果不是你突然出现打乱了对方的计划，我也许已经在毫不知情的情况下被暗算了。可是苏珊……"何夕难过地低下头。

"你说那棵树其实是人？这怎么可能？"

"我想那也许应该叫作模拟。想想常正信吧，他曾经在几分钟时间里不借助道具便变成另外一个人，使得所有人都无法分辨。我不认为那是什么魔术。今天我们显然遇到了一个能力更加强大的人，他甚至能模拟植物。现在，我都不知道究竟什么地方是安全的，也许这个房间里的某株盆景……"

"别吓我。"常青儿身子有些发抖，紧张地四下张望。

"没事的，我已经检查过了。"何夕怜惜地抚着常青儿的额头，"你休息一下。"

十三

苏珊只是受了点轻伤。警方第二天上午发现一辆车撞在了公路护栏上，昏迷的苏珊就在后排位置上，前排位置上有一摊血，但司机不见了。医生检查的结果是她的身体没什么大碍。看来，绑架者的驾驶技术不怎么好。

"很抱歉，让你担心了。"苏珊躺在病床上，面容有些憔悴。一个粉嘟嘟的小女孩紧紧依偎在她身上，大大的眼睛里还闪动着害怕的神色，那是她的女儿艾米丽。苏珊充满爱怜地紧握着艾米丽的手。

"是我没有考虑周全。你先休息，别想那么多。"何夕安慰道。这时，他的电话突然响了，电话屏幕上的铁琅显得心神不宁，他的第一句话便是"常正信死了"。

何夕悚然一惊，这已经是事件里的第二个死者了。

"是这样的，这些天他本来一直留在病毒所的实验室，情绪也比较平静。但从前天开始，他就强烈地要求出去，我们当然没有答应。结果，今天早上他突然强行逃跑，还抢了警卫人员的枪。就在我们试图劝说他放弃行动时，他突然冲到了马路上，一辆货车刚好经过……"

何夕沉默了，他感觉眼前仿佛出现了巨大的黑影，而且这个黑影还在不断地逼近，行将吞噬一切。

"你怎么了？"铁琅关切地询问。

"噢，没什么。"何夕摇了摇头，"你马上让崔则元他们再对常正信做一次全面的 DNA 检测，还是从以前的那些身体部位取样。"

"什么意思？"

"先别问这么多，照着做吧。我预感到我们离真相更近了。"

"发生了什么事？"苏珊撑起身，"我可以帮忙吗？我已经没什么事了。"

"没什么。"何夕不想吓着艾米丽，"你先休息。"

"我真的没什么了。"苏珊执意下床，"有了这次的经验，我知道该怎么做了，那些家伙不会再得手了。我现在就能继续工作。"

"那好吧，这次我们白天去。"何夕敬佩地看了眼这个坚强的女人。

但他们晚了一步，一小时后，映入他们眼帘的是已经炸成了废墟的矿场入口。

十四

"常正信的 DNA 检测结果出来了。"电话屏幕上的铁琅神情严肃。

"我猜想脊髓部分也一定完全变性了。"何夕先发表了看法。

"正是这样。可见，在常正信身体上发生的可能是一个渐变的过程。"

"现在可以理解他在伪装常近南时的表现了，当时那种东西还没有完全控制住他，所以他在最后一刻改变了命令。"

"我还是不明白他身上到底发生了什么事情。难道是一种病毒感染吗？可崔则元说这种东西根本不是生物材料。"

"我想快知道答案了。对了，关于那些海水你调查得怎么样了？"

"说实话，我正头疼呢。我找遍了全球各处的水文资料，都没发现和它成分相近的地方。稍微比较接近的是黑海的海水，但差异也不小。真不知道常正信从哪里搞来的这些海水。"

"记得我曾经说过吗？我说你可能找不到匹配的结果，因为……"

"因为什么？"铁琅嚷嚷道。

"因为你没有时间机器。"何夕没头没脑地说完这句话便挂断了电话，留下铁琅一个人兀自在电话那头发呆。

"那我们下一步怎么办？"苏珊正擦拭着她喜欢的P990，这款出自德国瓦尔特公司的手枪是她的爱物。

"我们的大方向应该没有问题。"何夕皱眉思索，"但是一定有什么地方被忽略了。这个组织虽然神秘，但时间上不像成立太久。常正信到戴维丝太太那里租房是在他到瑞士第三年之后的事情。"

"你有什么新想法吗？"

"让我想想。"何夕的神情突然一变，"我现在要出去一趟。你先赶到贝克斯盐矿等我。"

"那里不是已经被毁掉了吗？"

"总之你先到那里去，再等我的通知。"

雷恩刚上车，一个黑洞洞的枪口就从后排对准了他的后脑勺。

"教授，您这么急是去哪儿呢？"何夕似笑非笑地问，"是贝克斯盐矿吗？"

"你是什么意思？我想起来了，你是那天那个中国人。"

"记忆力不错。但我们其实不止见过那一面，还有郊外那一次。"

"我不明白你在说什么。"

"当时你改变了说话的语气，加上又罩着黑袍，我完全没有认出你。直到几小时以前，我才受到另外一件事的启发，想起当时你的笑声，当时你很得意，人在得意的时候会疏于伪装。尽管你成功地改变了语气，但笑声暴露了你。"

"是吗？"雷恩镇定了些，"那启发你的又是什么事情呢？"

"是我发现你撒了一个不起眼的谎。我查过常正信的资料，他选修的古生物学研究论文获得了当年的最高分。在专业上表现得这样优秀的学生，你却说想不起这个人了。这符合逻辑吗？除非当时你是想刻意掩饰什么。还有，我们刚与你接触就被人注意到了，结果导致戴维丝太太死于非命。"

"这些只是你的推测。"

"不用狡辩了。虽然我还不知道你在那个组织里居于什么位置，但至少你能带我进贝克斯盐矿，我想看看里面究竟发生了什么事情。"

这时，何夕的电话响了，是苏珊："我已经到了盐矿，但这里的确是一片废墟，我不知道你派我来干什么。"

"我马上就到。听着，雷恩教授会带我们进去的，他现在和我在一起。"何夕挂断了电话，对雷恩说，"需要我帮你带路吗？你应该知道我杀过人的，而且不妨告诉你，我还杀错过人，并且不止一个。"

"好吧。"雷恩嘟囔了一声，无奈地发动了汽车。

十五

事实证明，何夕这次动粗很有效。

雷恩很配合，他从汽车尾箱里找出了两件黑袍给何夕和苏珊披上，然后引领他们从另一个伪装得极其隐蔽的入口进入了矿场。通道里不时有人擦肩而过，每个人都非常恭敬地向雷恩致意，可见雷恩在这个组织里一定地位不低。

在最后一道门前站着一名警卫，何夕立刻意识到这个人他见过不止一次，因为他有一双明显异于常人的、特别长且粗壮的手臂。

"教授，您好。"那人挺了挺腰板。何夕注意到他手里握着一把石子，眼前不禁浮现出戴维丝太太的死状。

"把门打开，注意警戒。"雷恩下达了命令。三个人进去后，雷恩按下开关，厚重的合金门缓缓合上。

眼前的景象让何夕有些发晕。

盐矿里存放的不是盐，而是一些瓶子，很小但是很多，多到难以计数，它们在一排排的柜架上密密麻麻地重叠铺陈。无数这样的瓶子组合成了巨大的阵列，顺着甬道延展开去，直到漫出了视线。摆放着瓶子的高墙向上连接到矿井的顶部，让置身其中的人备感渺小。

"你们应该感到幸福，能够目睹这个世界上最伟大的奇迹。"雷恩显得很镇定。

"我在数这里有多少个瓶子。"何夕的语气很平静。

"你一辈子都数不完的。我来告诉你吧，整个系统的瓶子数量是 10 亿个。"雷恩露出笑容，"这些六棱小瓶的排列方式类似蜂巢，一个巨大的巢。老实说，如果一个人做了件了不起的事情却没有人欣赏也很无趣，所以今天让你们参观一下也不错。"

"但是这些瓶子里面好像没什么动静。"

"当然，现在这里只是一个伟大的遗迹，它们的使命已经完成了。"

"什么使命？"

"那是一种你们永远无法理解的使命，是上帝借由我的手来完成的使命。每个瓶子里大约装有 1 毫升的液体，而 10 亿个瓶子里的液体成分都是不同的，由计算机在很宽泛的范围内按一定算法随机配制。有些瓶子里的成分非常奇特，但谁又真正知道生命会选择怎样的环境呢？每个瓶子每秒钟里大约发生 10 次放电现象，那是我们制造的微型闪电。那是一幅多么壮观的景象啊！无数的闪电将整个地下矿场变得比白昼还要明亮。每个瓶子里其实都是一种可能的原始行星环境。从理论上讲，我们这里存放着 10 亿颗各不相同的行星。你明白我的意思吗？"

"我明白了，许多年前米勒等人就曾经做过这样的事情，他们模仿原始地球的海洋成分，然后通过持续的电击，最终从无机物中创造了氨基酸等构建生命的有机物质。你是在重复他们的工作吧？"

"不是重复，我所做的工作远远超越了他们。"雷恩脸上充满得意的表情，"他们仅仅设计了一种可能的行星环境，而我从一开始就站在比他们高出百倍的地方，我做的是他们连做梦都无法想象的事情。"

"其实我猜到了你在做什么。"

"不可能。"

"你是在制造更高位数的生命。"何夕的眼睛闪现出洞悉一切的意味，"我说得对吗？"

　　5秒钟的沉默之后，雷恩不禁拍了拍手："你真让我吃惊，居然能够明白其中的真相。你是怎么猜到的？"

　　"很多人认为常正信能够不借助任何工具改变容貌是一种魔术，但我意识到这可能是一种不可思议的生命现象，是一种超级模拟现象。"何夕注视着雷恩，"而你那位能在树上纵跳如飞的下属更坚定了我的看法。然后是奇异的瓶子，它六棱的形状暗示着数量的庞大。加上瓶子里与原始海洋类似的液体成分，还有常正信身体里的奇异成分……这些线索的共同作用最终把我引到了这里。"

　　"你真应该做我的同行。"雷恩眼里闪过一丝欣赏的光芒，"我承认你猜对了。"

　　"那你成功了吗？"

　　"你以为呢？"

　　"应该是部分成功了吧。至少我亲眼看到了一些奇怪的人以及他们奇特的表现。这么说来，他们真的是另一种生命吗？"

　　"人们都说DNA或RNA是生命的基石，其实DNA是由鸟嘌呤、腺嘌呤、胸腺嘧啶、胞嘧啶4种碱基编码而成的，每三种碱基对的排列组合决定了一种氨基酸的结构和性质，并最终决定蛋白质的性质。碱基才是构成地球生命的终极基础。DNA不过是一段代码，4种碱基就相当于数字0、1、2、3，它们在双螺旋上的排列组合方式决定了蛋白质的构成，进而决定了地球上千万种生物多姿多彩的表现形式。从某种意义上讲，地球上的所有生命都不过是一段各不相同的四进制程序代码罢了。"

"那你发现的究竟是什么呢？"

"那是一次极其偶然的事件。其实，当时我的实验远没有达到现有的规模，行星瓶的数量是 100 万个。我永远记得那个编号为 637069 的行星瓶，它是孕育了新型生命的摇篮。没有人能事先预料到我们的实验会有什么结果，就算我的内心深处曾经有过朦胧的构想，但这一事件超出了最大胆的假设。我很快意识到什么事情发生了，X 光衍射结果表明，有一种呈三螺旋结构的超级核酸物质出现了。你应该知道，在 X 光衍射图像下 DNA 的双螺旋结构呈现为'X'形，而超级核酸的三螺旋结构呈现出清晰的'★'形。当时我的感觉简直无法用语言形容。"

"那是成功的感觉，对吧？"何夕说着点了点头，"这是好事啊，凭借它，没有人能和你争夺诺贝尔生理学或医学奖。"

"我曾经这样想过。但是，我想到了更多。在超级核酸的编码下，全新的氨基酸诞生了。在四进制生命中，氨基酸最大的可能数目是 64 种，而在八进制生命中，氨基酸最大的可能数目是 512 种，这是多么巨大的飞跃！由此产生的全新的蛋白质种类更是呈现爆炸式的扩张。直到此时此刻，生命才真正成了无所不能的存在。"

"不过，按照人类现在的标准，这些新的核酸和蛋白质都不能定性为生物材料。"何夕插话道，"比如，我的一位生物学专家朋友就认定常正信不是人类，甚至不是生物体。"

"这很正常，就好比 Windows 操作系统的程序无法在DOS 操作系统下运行一样，虽然前者肯定高级得多。如果DOS 系统有知的话，它一定会认为所有的 Windows 程序都不能称作程序，而是一堆不可理解的、无意义的乱码。"

"你说得不无道理。"何夕若有所思地点点头，"那后来呢？"

"我们以那个行星瓶为蓝本，将规模扩大到了10 亿个。这多亏了像常正信一样的人的帮助，当时戴维丝太太的地下室里有两亿个行星瓶，那是我们的一个重要节点。最初诞生的超级核酸是极不稳定的，直到一年之后，你应该能算出来，这其实就相当于自然界里 10 亿年的时间，稳定的超级核酸产生了。然后，我在一种普通的病毒中植入了超级核酸，我称之为'★病毒'，也可称为'星病毒'。"

何夕倒吸了一口凉气，他觉得自己的背脊有些发麻："你知道自己在做什么吗？"

"我当时只是想做个验证。我想知道超级核酸会表达出怎样的生命意义。也许你会说我的好奇心太重，但现在看来，我当时的行为更像是一种宿命。其实我想，在宇宙中八进制生命迟早会自行诞生，所需的不过是更长的时间罢了。40亿年前，地球逐渐冷却，然后大约5亿年之后，四进制生命诞生了。从此，你们这些低级的四进制生命体就占据了这颗星球，而八进制生命的演化进程就此搁置。现在好了，看看四周吧，我创造了这个大自然要用10亿年才能完成的奇迹，现在该是你们让位的时候了。超级核酸自有它强大的生命力，从它诞生的时候起就已经在影响周围的一切。有时，我感觉根本不是我创造了它，而是它找到了我。它在冥冥中借用我的大脑，借用我的手，创造了它自己，从10亿年后来到了现在。"雷恩的神色变得有些恍惚，"它是那么奇妙，拥有那么不可思议的魔力。"

"你这样说让人很难理解。"

雷恩的脸上露出高深莫测的笑容，其间还夹杂着一丝不屑："在宇宙万物中，没有比生命更神秘的事物了。生命诞生之初是那样孱弱，一丝紫外线、一点高温都能彻底消灭它。但是，在冥冥中，在天意的指引下，生命却能占据一颗颗星球。你看看我们脚下这个直径1万2000千米的'小石子'，它的大气成分、土壤构成、地底矿藏、温度湿度等无一不是几十亿年来生命活动的结果，生命的发展甚至将最终改变整个宇宙的面貌。你永远无法理解我面对超级核酸时的心情，因为你对生命没有我这样的敬畏。"

"但你恰恰没有表现出对生命应有的敬畏。"何夕打断了雷恩的话，"没有人可以扮演造物主的角色，你创造了新的生命，但你打算怎样对待这个世界上原有的生命呢？"

一丝略显尴尬的神色自雷恩脸上掠过，他没想到何夕一句话就说透了他潜藏很深的心思："老实说，我很尊敬你，在低级生命里，你应该算是佼佼者了。如果能有你的合作的话，肯定对我们的计划有所帮助。在宇宙的生命法则里永远是强者生存，你应该识时务。让我来回答你的问题，原有的生命可以被改造。超级核酸拥有了远胜过地球生命的生命力。它有一种强大的生存欲望，被植入核酸的'星病毒'在极短的时间里就迅速改变了整个病毒种群的基因构成，原有的种群根本无法与之抗衡。而且，超级核酸对四进制生命体的感染和改造是全方位的，植物、动物、微生物，都无一避免。我说这些就是希望你能与我们合作。"

"这是绝不可能的事情，"何夕冷笑一声，"而且我还要阻止你。快告诉我'星病毒'在什么地方。"

"这么说来，你真的要拒绝我的提议了？其实我不想强迫你，你最好与我们合作。"雷恩脸上掠过一丝诡异的神色。

"你别忘了现在是我说了算。"何夕晃了晃手里的枪，他觉得雷恩大概是急昏了头。但雷恩奇怪的话语让他心中怦然一动，的确，雷恩为何毫无保留地说出真相？而且今天的事情似乎过于顺利了些……何夕猛地想起一件事，他下意识地回头看着苏珊。

"对不起，何夕先生。"说话的人是苏珊，她手里的 P990

寒光四射。

"这么说，在这两天里发生了一些我不知道的事情。"何夕喃喃自语。

雷恩上前轻抚着苏珊的细腰："你怎么就没有看出来我和苏珊已经是同类了？当你找到苏珊的时候，她已经被注射了'星病毒'。我们告诉了她真相，后来的一切都是顺理成章的，而下一个接受改造的人就是你。"

苏珊脸上的表情很平静，她很利落地将何夕铐在栏杆上："我选择忠于自己的种族，而且，地球生命很快就会全部被升级成八进制生命。到时候我们都是一样的了。"

"你不是很想知道'星病毒'在哪里吗？我来告诉你吧。"雷恩得意地大笑，"我已经以协助研究的名义将装有特殊样品的盒子送到了世界范围内的 7 家研究所，再过 10 个小时，它们就会自动打开，释放出'星病毒'——它们与注射用的病毒不同，被它们感染的个体将具有高度传染性，它们不仅在人与人之间传播，也在人与其他生物之间传播。伟大的超级生命体将从研究所的每一个人开始传播，然后以几何级数增长的方式在短时间内占据这个星球的每一个角落。这个世界上没有任何一种药物能够解除'星病毒'的感染。不，这不是什么感染，而是生命的升华，是八进制生命对地球低级生命的一次崭新升级。那是多么美妙的时刻啊！"

"你不能这样做。"何夕的声音已经沙哑，雷恩的话让他不寒而栗。

"我当然可以这么做。就像是人们都喜欢把自己的电脑升级成高位数一样。而且，升级后你如果怀旧的话，还可以随时模拟四进制生命，你可以扮演任何你喜欢的低位数生命形象，这难道不好吗？"

"不是这样的。"何夕试着做最后的努力，"生命不应该分出高低贵贱。每个生命体都是独一无二的个体，它有自己的尊严。你这样做其实是对原有个体的灭绝，你难道不明白吗？想想看吧，你觉得自己还是原来的雷恩吗？你的灵魂已经被超级核酸控制了，你成了它的傀儡，成了行尸走肉，这和毁灭有什么区别？还有苏珊，你觉得还有自我吗？问问自己的内心，以前的那个苏珊到哪儿去了。别忘了，艾米丽还等着你，快醒醒吧！"

一丝复杂的神色自雷恩眼里一闪而逝："你不要白费心机来说服我了。我多年来的心愿即将实现，人类即将迎来伟大的新生命时代。也许你现在还不理解我，但是你很快就会认同我了。"一丝奇怪的笑容自雷恩脸上浮现，他的手里多出了一支样式复杂的注射器。

"'星病毒'已臻于完美，你的运气很好，整个过程相较于以前已经大大缩短，没有任何痛苦，超级生命将完成对你全身细胞的升级。你会毫无知觉地睡上一觉，但醒来后你会发现自己已经脱胎换骨，那是种无比美妙的感觉。"雷恩慢慢逼近何夕。

何夕徒劳地挣扎着，手铐在他的手腕上勒出了血痕。一种从未感受过的绝望攫住了他的心，不仅因为自己即将成为异种，也因为人类将要面临的命运。以何夕的知识，他当然明白雷恩说的是对的，醒来之后他自己也将异化为雷恩的帮凶，任何生命体的心智都从属于自身的物种，就像一只蟑螂永远只会从蟑螂的角度思考问题——假如它能够思考的话。但那是多么可怕的结果，从某种意义上讲甚至超过死亡。汗水从何夕额上滑下，他绝望地闭上了眼睛。

一声沉闷的枪响……

何夕睁开眼。雷恩捂住胸口缓缓倒地，惊骇地望着苏珊。

苏珊凝望着何夕，目光里有奇异的光芒在闪动："你让我想到了我的女儿。她是这个世界上独一无二的珍宝，我不能容许什么东西来替代她。谢谢你。"

"应该说谢谢的是我，还有这个世界上的所有人。"何夕撑起身，苏珊帮他打开了手铐。

"你们阻止不了我的。"雷恩口中流出血沫，他的脸扭曲得有些狰狞。

"你快走，我坚持不了多久了！"苏珊痛苦地指着自己的头，"它们就要完全控制我了，我感觉得到。那边还有一条安全的通道能出去，你一定要阻止雷恩的计划。"

"你不和我一起走吗？"

"不。"苏珊的脸变得惨白，看得出，她正在用尽全身力气挣扎，"我留下来处理一切。"

"我要带你走。"何夕坚持道。

"你快走！"苏珊突然举起枪，脸上的痛苦之色越发明显，"你知道，我已经不是从前的苏珊了，我随时可能会杀了你。你快走啊，趁我还能控制自己的时候。"

何夕默然退后，进入通道前他突然听到苏珊最后喊了一声："告诉艾米丽，说我永远爱她。"

"我会的。"何夕答应道，没有回头。

20分钟后，随着一声巨大的爆炸，贝克斯矿场的一隅连同天才雷恩一起被埋在了地底深处，为他陪葬的是10亿颗小小的行星。

尾　声

一个月之后，中国武汉。

销毁"星病毒"的仪式地点最终选在了中科院病毒研究所。实际上，在这一个月里，世界各国专家争论的焦点是究竟应不应该销毁它。但是谨慎的一方最终占据了上风，现在7个潘多拉盒子已经并排摆放在了熔炉边上。

"真想亲眼看看里面那东西长什么模样。还有，它们到底是怎么诞生出来的？"崔则元小声嘀咕道。

"估计在座的这些人十有八九都有这种想法。"何夕总结道。他至今没有对任何人吐露过其中具体的技术原理，因为他实在没把握，他不知道这个世界上会不会再产生雷恩那样集智慧与疯狂于一身的天才。

"谁让咱们是干这一行的呢。这一个月心里都快痒死了。"崔则元忍不住叹气。

来自联合国卫生组织的高级官员已经讲完了话，按照安排，下一个环节是由他亲手摁下开关，将7个盒子送进熔炉。但是他突然停下了悬在空中的右手，开口道："我提议应该由何夕先生来完成这最后的环节，因为正是由于他的努力才阻止了这场可能毁灭整个地球生物圈的灾难。"

何夕仓促起身上台，一时间他竟不知该从何说起。他仿佛又听到了莽撞无知的常正信那惊惶的嘶喊，看到了地底深窟中苏珊那难以描述的最后一瞥。

"站在这里我想到了雷恩教授，他原本和在座的各位一样，是一位优秀的科学家。我一直忘不了雷恩临死前说的那些话。他居然能够接受所谓高级生命对自身的替代，虽然他将其称之为升级。我想，地球上那些比我们人类更低级的生物恐怕不会这样做，因为它们所遵循的本能法则严格地禁止了这种做法，而只有人类，这种自诩为万物之灵的物种才具有了这种不同寻常的超越本能的思想。雷恩教授应用他的天才智慧将本应在 10 亿年后才可能诞生的生命体带到了现在，但他真正明白这意味着什么吗？就像我，虽然我遵照自己的选择，阻止了雷恩，但我想除了上帝之外，其实也没有谁能够判定我做对了没有。人类这种智慧生物是否把生命的进步看得过于透彻了，生命也许并不只是碳和氢，也许不只是碱基对的数字排列组合。"何夕停顿了一下，"生命是有禁区的。"

四下里一片长久的沉默。何夕摁下开关，7 个盒子滑进熔炉，幻化成一簇妖异的夺人心魄的火焰。

10 亿年后它还会回来。何夕在心里说道。

人人都爱查尔斯

宝树

一

　　他进入了太空，宛如获得自由的鱼儿跃入了水中。

　　透过"飞马座号"的舷窗向下看去，最初是灰色的城市和棕色的小镇，然后是绿色的农田和黄色的沙漠，很快一切都被白茫茫的云海覆盖。等他钻出云海，已经在太平洋上空，世界变成了一个蔚蓝色的曲面，隐约显出巨大的球体轮廓，北美大陆是天边一线，亚洲隐藏在弯曲的海天线下面，整个地球被裹在一层朦胧的光晕中，那是大气层。而在他头顶，点点星光已经从暗黑色的天穹露出头。随着引力的减弱，他感到了失重，虽然身体被牢牢固定在座椅上，但是仍然感到自己在飘浮着。飞行器仿佛翻了个儿，太平洋的无尽海水悬在他头顶，而身下是黑暗的无底深渊，让他有一种错觉，觉得自己不是在太空，而是安睡在大海的底部，一切显得恬静而悠远。有那么几秒钟，查尔斯·曼觉得自己是世界上最远离尘嚣的人，似乎可以永远就这样飘荡在地球之外的空间里，融入大自然的高远纯净。

但他很快想起来，不，应该说他一直都知道，这是一个不可实现的幻想，整个世界都在看着他，至少有 10 亿人在观看他的"直播"。"飞马座号"正在世界最高规格的航天飞行大赛——跨太平洋锦标赛之中，在大气层外以 9.7 马赫的高速射向太平洋西岸，目的地——日本东京。

　　像弹道导弹一样，参加比赛的飞行器往往在飞行中途进入太空，以便最大限度地减少空气阻力。在太空中，为节省燃料，飞行器基本依靠惯性飞行，重新进入大气层后才会启动发动机。因此有那么几分钟，查尔斯悠闲自在地观赏着窗外的蓝色星球，听着座舱里的爵士乐，甚至发布了一条脑写的"维博"：

　　"我感到自己离地球前所未有地远，在这一刻，'我'的存在，世界和我，变成了相对的两极，我就是我，不再是地球上芸芸众生的一分子，而是孤独的宇宙流浪者……"

　　"飞马座号"的电脑屏幕上清楚地显示出了他的位置，他大约在阿留申群岛上空，一大队蓝色光点正从星星点点的岛屿上空向西移动，一个醒目的红点在它们前列——正是"飞马座号"。他的背后有 100 多架飞行器，前面有 3 架，"飞马座号"排在第四，还算不错，但还不足以取得名次。最前面的飞行器已经在 100 多千米外，排第 3 的那架离他也有 10 多千米。似乎是为了提醒他，背后一架银白色的飞碟迅速接近，很快从只有 300 多米的近处悠然掠过他的左侧，像一颗流星那样划过。那是乔治·斯蒂尔的"仙女座号"。

"查尔斯，今天怎么不行了？"通话频道中传来斯蒂尔的讥笑，"泡妞花的时间太多了吧？"

"乔治，我只是在休息，欣赏欣赏太空美景，对我来说，比赛尚未开始。"

"恐怕对你来说，比赛已经结束了，伙计。"乔治反唇相讥。

"不，比赛现在刚刚开始。"查尔斯冷冷地说，接着按下了一个按钮。

骤然间，"飞马座号"抛掉了整个尾部，宛如蜕皮新生的蝴蝶。新露出的尾部喷管中吐出蓝色的强光，标志着核聚变发动机启动了！查尔斯感到了加速效应，有一股力量压着他，让他几乎喘不过气来，这种熟悉的感觉却让他热血沸腾。减轻了一小半重量之后，"飞马座号"的速度短时间内提升了 2.2 个马赫，轻松地反超了"仙女座号"。

"嘘！"查尔斯吹了一声口哨。

"这不可能！你怎么可能有……12 马赫的速度！"

"东京见，乔治，"查尔斯说，"如果你的小飞碟能撑到那里的话。千万别掉海里，我可不想在庆祝酒会上的生鱼片里吃到你的戒指。"他知道上亿人都通过广播听到了这句俏皮话，嘴角泛起得意的微笑。

似乎为了印证他的预言，身后的"仙女座号"颤抖起来，显示出自己已经达到速度的极限。它加速了一小段，进行了一番绝望的尝试，最后不得不放弃。

"你等着吧，查尔斯，总有一天……"乔治在电波里气急败坏地叫喊着。

查尔斯大笑着，风驰电掣，飞向前方，核聚变发动机全力运转着，将飞行器的速度推向极限。

"卡伦斯基！哈米尔！田中！游戏开始了！"

以梦幻般的速度，"飞马座号"超过了一架又一架飞行器，很快重新进入大气层，启动了防护罩。空气在它周围燃烧起来，"飞马座号"宛如灿烂的火流星划过太平洋的天空，落向日本列岛。

在离东京不远的海上，"飞马座号"最后超过了田中隆之的"天照号"。为了安全降落，"天照号"不得不在离东京还很远的时候就开始减速，而"飞马座号"却嚣张地没有减速，从"天照号"的头顶飞过去，然后飞过了东京上空。

"查尔斯，你去哪里？再不停下来就要飞到西伯利亚了！"耳机里传来教练的警告。

但查尔斯在飞过东京后才开始全力减速，绕了一个圈子再飞回来，仍然赶在"天照号"之前降落在东京奥林匹克体育场的草坪上。查尔斯看到，满场的观众都起身为他鼓掌欢呼。

"查尔斯，恭喜你蝉联了冠军！"教练在耳机里说，"颁奖仪式将在一个小时以后举行，你准备一下致辞吧。"

"你代我领奖好了，"查尔斯说，"我还有一个浪漫的樱花约会。"

"别要性子，这次是爱子天皇亲自颁奖！晚上还有日本读者的见面会，你要赏樱花，明天我们会安排的。"

"我对这些没兴趣，"查尔斯大笑，"仓井雅在等我。"

"查尔斯，你实在是太……"

然而"飞马座号"已经再度起飞，在众目睽睽之下升到高空中，消失在东京的高楼广厦间。

二

突如其来的微微刺痛让宅见直人睁开眼睛，有好半天他都没反应过来自己身在何处。这是他的房间，只有七八平方米，一张榻榻米就占了一半，另一半是一张电脑桌，没有别的家具，不过他需要的也就只是这两样东西。

直人坐起身来，才意识到自己已经躺在床上七八个小时了，膀胱憋得有点发疼。许久没有进食，血糖已经低到了危险的阈值，所以手腕上的健康监测仪才会报警，如果再不吃点东西，健康监测仪就会断定他已经昏迷，直接向附近的医院发出求救信号。

直人去厕所撒了泡尿，倒了一杯矿泉水，打开放在电脑桌上的药瓶，瓶子里是满满的高纯营养片，富含人体所需要的主要营养成分，并且能抑制胃酸的分泌，吃5片就相当于一顿饭。当然，这玩意儿的味道不敢恭维，和塑料泡沫差不多，但是既然每天都可以享受鹅肝、松露和鱼子酱之类的顶级大餐，谁还在乎这些！

直人倒了10片营养片，就着冷水吞服下去，然后打开电脑，调出一个界面，分秒必争地敲打着对一般人来说毫无意义的数字和符号。他在为一个金融管理软件编写代码，这份工作枯燥无味，好在收入不菲。但他每天最多工作两个小时，这是能够维持他每天在这个小房间里靠吃营养片活下去的最低工作时间。他不想为这种生活付出更多劳动，但也没法干得更少了。

"必须赶快，"直人一边干活儿一边想，"不能再这么割裂了，这会破坏好不容易形成的内在协调性，必须快点回去……最多再有5分钟……"

但是偏偏有人呼叫他，直人皱了皱眉头，打开对话视频，一个胖胖的短发女孩子蹦了出来，是住在隔壁的朝仓南。她做了一个表示可爱的表情："直人，你在吗？"

废话。"在啊。"

"告诉你一个好消息，你知道吗？查尔斯来了！"

又是废话，直人想。"我听说了，怎么？"

"是查！尔！斯！"朝仓强调说，"查尔斯·曼，你的偶像！他刚才拒绝了天皇的颁奖，说去和仓井雅约会了，现在这新闻轰动了整个网络！不过听说晚上他在银座那边还有一个读者见面会和签名售书活动，这是千载难逢的机会，不如我们去看他好不好？我有一本他写的《彼岸之国》，想让他签名呢！"

"对不起，"直人根本没想就拒绝了，"我很忙，我要工作。"

"可你每天都在房间里工作，花两小时出去走走都不行吗？何况今天是查尔斯——"

"我赶着要交任务呢。"

"可是——"

"对不起，再见！"直人径自关掉了视频对话。

幼稚的女人，浪费我的宝贵时间，直人想。他知道朝仓暗地里喜欢他，可是在和伊丽莎白·怀特、玛丽安娜·金斯顿、宝拉·克劳齐亚、杨紫薇等世界各地的艳星名媛有过肌肤之亲后，再对着朝仓那张小圆脸，他实在提不起兴趣。何况，朝仓的存在总让他想起自己到底是谁，而他现在最不需要的就是找到自我。

不行，不能再在这个房间里待下去了。多待一秒钟都会令人发疯。直人草草地结束工作，推开电脑，在榻榻米上躺下去，闭上眼睛，营养片已经开始消化，虽然胃里并不舒服，但是至少没那么饥饿了，可以再撑七八个小时。

建立连接通路，他感觉到信息在传递，脑电波变为电磁波，又变成中微子束，然后再次变为电磁波和脑电波。

重力感同步：我站在什么地方。

触觉同步：微风从我身上吹过，带着春天的暖意和海洋的潮润。

听觉同步：风声和婉转的鸟啼。

视觉同步：满目粉红粉白，凝结为千万树樱花，在春天的绿意中绽放，一个穿着和服的女郎跪坐在樱树下，眉目如画，绽放笑靥，是仓井雅！

而我是查尔斯，独一无二的查尔斯。

三

"飞马座号"在箱根的一个小湖边降落。

仓井雅在湖边的一片樱花林中等他。正值春深，这里的樱花开得艳如云霞。地下已经铺上了洁白的野餐布，上面摆好了精致的鱼片、海胆刺身和清酒。仓井雅穿着宽松的青缎和服跪坐在一棵樱树下，见到他，温柔而不失妩媚地一笑："嘿，查尔斯。"她用流利的英语说。

"嘿，小雅。"查尔斯在她身边坐下，揽住了她纤细柔美的腰肢。

"我刚刚看了直播，"仓井雅说，"查尔斯，恭喜你再次蝉联世界冠军，干一杯？"她用白皙的手托起了小巧的酒杯。

"那个吗？算不了什么。"查尔斯接过酒杯一饮而尽，顺便在她吹弹可破的脸上亲了一下，"你知道，我这么快飞过来，全是为了见你……"

"骗人！"仓井雅笑盈盈地说。

"真的，我们已经有好几个月没见了，我一直在想着你。"

"想着我？"仓井雅歪着头，似笑非笑地说，"哼，那你和克劳齐亚小姐是怎么回事？"

查尔斯微微有些尴尬，含含糊糊地说："她……其实你们都是很好的姑娘，都跟我的亲人一样……"

仓井雅聪明地没问下去，换了个话题："对了，我最近拍的那部电影你看了吗？我送了你首映式的票，不过你没来。电影叫作《北海道之恋》。"最后五个字她咬得字正腔圆。

"当然！你演得棒极了，宝贝。"查尔斯抚摸着她散发着樱花清香的秀发，"我非常喜欢……"他努力回忆仓井雅扮演的人物名字，可惜想不起来，"……你演的那个角色，情感诠释得太到位了。"

仓井雅的嘴角露出了一丝浅笑，她知道这意味着世界上已经至少有 1000 万人听到了这句话，很快就会有上亿人在网上查询她演的电影，好莱坞仿佛已经在向她招手。"那查尔斯你说，你最喜欢哪一段呢？"她撒娇地问道。

"当然是……是结尾的那段，我觉得非常、非常感人……"

查尔斯说，忙设法岔开话题，"对了，这里不是风景区吗，怎么一个人也没有？"

"这一带是私人的地产，地主是三上集团的总裁，他听说你要来，所以免费让我们在这里约会，不会有人打扰的。"

"替我谢谢他，这里真的很美。"查尔斯望向四周，富士山顶的皑皑白雪在远处发亮，千树万树的樱花在春风中摇曳着，落樱如雨，飘向凝碧的湖面，空气中都是清新的芬芳。

"这里会让梭罗妒忌得发狂，"查尔斯深深吸了口气，"我有一种预感，如果我住在这里，或许可以写一部比《瓦尔登湖》更优美的作品。"

"瓦尔登湖？是什么？"仓井雅不解地问。

"是……没什么。"查尔斯露出狡黠的笑容，"小雅，你尝试过在樱花树下……"他咬着仓井雅的耳朵说了一句悄悄话，当然世界上无数人还是听到了。

"坏蛋，就知道你不肯放过我。"仓井雅咯咯地笑了起来。

查尔斯搂住了半推半就的仓井雅，这古怪的和服是从哪里解开来着？哦，是在后面……

远处传来马达声，打破了湖边的宁静。查尔斯回过头，看到一个蓝色的小点在天边出现。"不会又是那些狂热的粉丝跟踪吧……"他咕哝着。

但那个小点迅速变大，旁边出现了双翼。查尔斯很快看到了机身上的日本国旗和下面的一行英文，这居然是东京警视厅的空中警车。

　　警车在湖边降落，就停在"飞马座号"边上，一名女警从警车里出来，大步走到他们面前。

　　"先生，你是查尔斯·曼？"她用口音很重的英语问。

　　"是的，你是来要签名吗，小姐？"查尔斯嬉皮笑脸地盯着面前的女警——她很年轻，算不上美丽，但身材挺拔，神态庄重，自有一种英姿飒爽的气质。

　　"查尔斯·曼先生，"女警面无表情地说，"我们怀疑你涉嫌从事恐怖活动，按照我国的反恐法律，请你跟我们回去协助调查，你有权保持沉默……"

　　我？恐怖活动？难道这是某个拙劣的恶作剧？查尔斯回头望向仓井雅，但仓井雅也是一脸莫名其妙的表情。

　　"等等，什么恐怖活动？"

　　"低空超速飞行，"女警简略地解释说，"超过 2 马赫已经违法，超过 5 马赫就是对城市的严重威胁，被视为有恐怖袭击的可能，而你刚才的速度超过了 10 马赫！按照《日本反恐特别条例》第七章第八十二款，必须立刻拘留审问。"

　　"开什么玩笑，你不知道今天有比赛吗？"

　　"是的，比赛有特殊规定，在一定区域内可以获得豁免，但是你很快再次起飞，速度仍然超过了法定限度，且这次飞行不在比赛的范围内，所以我们必须逮捕你。"

　　"你们要逮捕我？就因为超速飞行？这简直……"查尔斯

怒气上涌，忍不住要大骂，但他很快控制住了自己。查尔斯，保持风度，记住：有1000万人在你身后。

"你们不能这么做，这太荒谬了！"仓井雅匆匆穿好了衣服，上前护着查尔斯，然后她开始用日语和女警快速交涉起来，伴随着各种激动的手势。

不过，查尔斯看出来这没有意义，对方不会退让的，警车里还有几个膀大腰圆的男警员。"好吧，"他平静下来，做了个打住的手势，耸了耸肩，"有机会参观一下日本的警察机构也不错，小姐，我将来可要把你写到小说里，你不会反对吧？"

"随您的便，"女警似乎松了口气，"如果您需要和律师联络的话……"

"已经找了，"查尔斯指了指自己的脑袋，意思是他的律师已经看到了直播，"对了，能否请问你的芳名？"他已经看到了她的胸牌，但上面是他不认识的文字。

女警犹豫了一下，然后微微垂下眼睛："细川穗美。"

"细川——穗美，"查尔斯重复了一遍，"你能否答应我一件事？"

细川穗美用询问的目光望着他，查尔斯摊了摊手说："你破坏了我的一个约会，所以等这件事完了之后，你可要赔我一个。"

"查尔斯先生，"细川说，脸有些发红，忘记了其实应该称呼他为"曼先生"，"让我提醒你，骚扰警官在日本可是重罪。"

细川的语气中带着几分恼怒。

但查尔斯分明在她的眼神中看到了一丝喜悦。

一股狩猎的兴奋从他的心底升起。

四

按照规矩，查尔斯被戴上手铐，在几名警员的押解下坐上空中警车，被送往东京警视厅，仓井雅被警方拒绝随行。一路上，查尔斯一直和穗美搭讪，穗美冷冷地不理他，但脸上偶尔也会露出笑意，旁边几个男警员的脸色自然要多难看有多难看。

当他们到达警视厅大厦的楼顶停车场时，几家本地新闻社的空中采访车已经闻讯赶来。还有一群粉丝不顾阻拦，喊着支持查尔斯的口号，驾着私人飞行器强行在楼顶降落，警视厅不得不又出动了七八辆空中警车，调来了几十名警员维护秩序，场面一团混乱。查尔斯在一群警察的簇拥下向入口走去。穗美在他身边，由于拥挤，常常尴尬地碰到查尔斯，触到他健美的身体。

"你知道吗？"查尔斯对穗美笑着说，"上次我在马尼拉搞签售会的时候，一大群菲律宾人冲过来要我签名，简直是人山人海……我倒没什么，人群中一个女人摔倒了，后来才知道被挤得流产了，真可怜。"

"真的？那太不幸了。"穗美忍不住说。

突然，周围奇怪地陷入死寂，一点声音也没有。只看到人头攒动，闪光灯此起彼伏。随后，重力感也没有了，查尔斯如同悬在自己的身体里，仿佛要飞起来，触觉也随之消失了。

然后画面变为一片花白。他缓缓睁开眼睛，只觉得头脑昏沉沉的，头顶是陋室斑驳的天花板，身边的机箱还在嗡嗡作响。

他过了片刻才想起来，他不是查尔斯，只是宅见直人。

直人不知道发生了什么事，摇摇晃晃地站起来，坐到电脑前上网查询，看到网上也在议论纷纷，无数人在破口大骂警方无事生非，不但让大家看不成仓井雅的激情戏，还导致直播中断。不过很快有人给出了答案，东京警视厅出于保密原则，进行了中微子屏蔽，外界暂时无法接收到查尔斯的直播了。

"可恶的条子，正事不干，就知道妨碍大家！"直人大声咒骂着，在房间里转着圈。天知道直播要中断多长时间，两小时？8小时？难道要超过24小时？那他该怎么办？整整一天里他不能再成为查尔斯，他们为什么不干脆戳瞎他的眼睛，扎聋他的耳朵？

他平静了一下，打开编程软件，想再编一段程序，但怎么也集中不起精神，一行内连着出了好几个错，根本干不下去。直人绝望地摔下键盘，躺回到榻榻米上，辗转反侧，只觉得每一块肌肉都不自在，像毒瘾发作一样难受。周围的一切感知都是陌生的，查尔斯的感觉离他越来越远，他本该高高飞翔的灵魂被困在宅见直人的卑微肉体之中。

门铃突然响起来。

终于有可以转移注意力的东西了。直人跳起来，走到门口，在门边的显示屏上看了一眼门口站着的人，一个矮矮胖胖的女孩，是朝仓南。

"怎么是你？"直人拉开门，没好气地问。

"我……"朝仓窘迫地提起手上的一个饭盒，"我下午做了便当，想请你尝尝。"

"我不……"直人看了看朝仓涨红的脸，终于把冲到嘴边的拒绝收了回去，"好吧，谢谢你。"

他去接便当，但是笨手笨脚地竟没接住，饭盒摔在地上，热腾腾的鳗鱼饭和油炸天妇罗撒了一地。"对不起，"朝仓忙蹲下收拾，"我怎么没拿稳……"

直人突然感到一阵惭愧："不不，没有的事，是我没接住。"他赶忙也蹲下收拾起来。

他们手忙脚乱地弄了半天，总算把地板收拾干净了，朝仓很沮丧："唉，可惜这些饭都不能吃了。"

"没事，其实我吃过了，一点也不饿……"直人犹豫了一下，"那个，进来坐坐吧。"

朝仓走进房间，四下看着。直人觉得脸上有点发烫："不好意思，房间太乱……"

朝仓却嘻嘻而笑："男生的房间都是这样的嘛……我是这么听说的。宅见君，你每天就在房间里工作吗？"

"嗯，"直人倒了杯矿泉水给她，"如今在家里工作的人很多，何况我的工作只需要一台电脑就够了。"

"那你每天不出门，不和外面的人接触，难道不闷吗？"

"一点都不闷，我可以……上网。"直人犹豫了一下说，"网上什么都看得到。"

"那是两码事，"朝仓认真地看着他，眼中充满了关怀，"你应该多活动活动，我看你脸色不太好，好像很久没出门了？"

"我没事……"直人含含糊糊地说。这时，朝仓看到了床头一个硕大的黑色六边形箱体："这是什么？"

"没什么，这是电脑配的设备……"直人不想多说，但朝仓已经认出来了。"这是……中微子波转换器！难道你在接收感官直播？"

"这个……你怎么知道？"直人反问。

"我朋友里美家有个一模一样的。"朝仓说，"她说是用来收看感官直播的，可是我不知道具体怎么用。"

"这是一种接收中微子波并转换成电磁波的装置，"直人解释说，"用中微子通信可以直接穿过整个地球，延时最少，所以是最方便的，但因为技术原因，脑桥芯片无法接上笨重的中微子发射器，只能以电磁波的形式发送信号，通过附近的转换器变成中微子波束，再通过另一端的转换器变成电磁波。对了，你收看过感官直播吗？"

"没有。"朝仓叹了口气，"我一直觉得这东西很可怕。"

"可怕？怎么会？"

"别人的视觉、听觉、触觉传到你的大脑里，感觉好像是被妖魔附体了一样。"

"哈，哪有那么严重……"直人笑着摆手，"恰恰相反，是你附在别人身上，你可以看到他看到的，听到他听到的，知道他生活的每一个细节，多有意思！"

"说得倒也是，像我最喜欢的言真旭和金东俊，要是能知道他们在干什么也挺好的。"

"言真旭好像没有开通感官直播，金东俊……我帮你上网查查，"直人在键盘上敲击了一阵，"有了，他去年开通了直播，每天大约有两个小时的直播时间。"

朝仓也挤到电脑前，念着视窗上弹出的几行大字："你想和东俊哥合体吗？在东俊哥深邃的脑海里触摸他的灵魂，和东俊哥一起生活和工作，向你揭示韩国演艺圈不为人知的秘密……"

"哇！好厉害！"但她很快又露出了害怕的神色，"可是听说接收广播要切开大脑做手术，很疼的，这我可不敢。"

"没那么吓人，只是一个小手术，植入一块带发射器的脑桥芯片，并且和各感官对应的脑神经连接。如果没有它，你不可能收到外来的广播，也不可能建立感官协调性。现在全世界有上亿人都做过这个手术了，日本就有将近 500 万人呢。"

"可是手术费用应该会很贵吧？"

"不贵，你肯定能负担，不过金东俊的直播倒是价值不菲，你看这里写着——这些优惠条款都是虚的，不用管——每小时 998 日元。如果你每天都接收两小时的话，一个月得要六七万日元。"

"这么贵啊？"

"要不然金东俊为什么会开感官直播呢？"直人冷笑，"多少粉丝想要知道偶像的生活是什么样的，他眼中的世界又是什么样子的，用他的眼睛和耳朵去感知是什么感觉，就是 10 万日元 1 小时也有许多人愿意，当然财源广进了。这还是韩国的，好莱坞那些大牌明星的直播价格更高得离谱。不过你放心，在他们设定的直播时间里，你不可能看到任何真实的东西，那些宴会啊、旅行啊、慈善活动啊，一切都是刻意美化过的，只不过是变相的演戏罢了。"

"这么说感官直播也没什么意思嘛……"

"那些娱乐明星当然没有意思……"直人眼中闪着热烈的光，"但是也有一些非常有意思的直播。有一个名人，他每天基本 24 小时打开直播，而且全免费，你可以看到他生活中任何一个细节，完全是真实的人生，光明磊落，绝无虚假。他不是那些脑子空空如也的明星，他有思想，有情趣，是一名才华横溢的作家，还是一名飞行家，而且还投入了慈善事业——"

"等等，你说的就是查尔斯？"

"是的，就是……"直人勉强把那个"我"字咽下去，"……查尔斯·曼，世上独一无二的查尔斯，那个大写的'人'。"他轻轻叹息了一声，脸色沉了下来。

查尔斯，我真正的自己，你现在怎么样了？

五

"你可以走了。"细川穗美的身影出现在拘留室门口，冷冷地说。

查尔斯一副早在意料之中的样子，从椅子上站起来，看了看表："还不到 7 点，晚上一起吃饭？"

"我还有工作。"穗美还是淡淡的样子，"走这边。"

"你刚才不是说不能保释吗？怎么现在又放我走了？"

"你的那些崇拜者，"穗美没好气地说，"至少有 10 万人堵在警视厅门口，简直要把整座大厦给拆了。他们要求立刻恢复你的直播，半个东京的交通都瘫痪了。真不知道你这样的人怎么会有那么多人喜欢！"

"因为有支持者抗议，你们就放了我？"

"既然你不是恐怖分子，上面决定这件事就不必追究了，警方不会起诉你，走吧。"

"不，"查尔斯摇头，"如果你们不打算起诉我，又为什么要抓我？我要求一个合理的解释，否则我不会离开警视厅。"

"你……"穗美瞪着查尔斯。一个高大的金发女人适时出现在她背后："这完全是日本警方的失误造成的，你们应当向曼先生道歉。"

"丽莎，"查尔斯招呼自己的经纪人，"我等了你半天，你怎么现在才到？"

"麦克唐纳那边已经处理好了，"丽莎对查尔斯点点头，"查尔斯，因为你当时并没有离开飞行器，所以可以视为比赛并未结束，顶多是意外偏离航线，在箱根迫降……你没有违反日本法律，他们无权扣留你。日本警方应该为浪费你的宝贵时间正式道歉，我们将在各大媒体上发表声明，并保留追究法律责任的权利。"

"算了，"查尔斯大度地说，"只要这位美丽的小姐和我共进晚餐，警方那边我可以全都既往不咎。"

穗美忍不住想反唇相讥，但电话铃声急促地在她耳边响起，接通之后，她的脸色微微变了，是警视总监亲自打来的。

"查尔斯，"丽莎拉过他，低声说，"你必须尽快离开这里，恢复直播。现在有几百万人在网上抗议了。"

"干吗那么急？难得清静几分钟。"

"不，你必须尽快恢复直播。"丽莎的口吻不容拒绝。

查尔斯看了丽莎一眼，她脸色平静，看不出喜怒。查尔斯不禁有些发怵。当他刚刚出道，诸事不顺，遇到人生最大瓶颈的时候，丽莎·古德斯坦主动来到他身边，帮他打理一切，无论是比赛、写作还是公众活动，都是她安排的。在查尔斯的灿烂星途上，丽莎功不可没。但查尔斯一直谈不上喜欢丽莎，甚至有些怕她，可他知道自己离不开她。近年来，随着查尔斯的事业越来越如日中天，丽莎也越来越多地顺从他的意思，但每当丽莎坚决表示自己意见的时候，查尔斯还是无力否决。

"好吧。"他不情愿地说。

丽莎也放缓了口吻："查尔斯，你知道随时有 1000 多万人收看你的直播，有 120 万人每天收看 5 个小时以上，有 30 万人差不多无时无刻不在收看你。因为你的直播几乎从不中断。人们信任这一点，刚才的直播中断了一会儿，已经有很多人无法忍受了。"

"但他们可以收看别人的，全世界至少有 10 万人开着直播。"

丽莎笑了："别人怎么能跟你比？你可是独一无二的查尔斯。不过别忘了，每天都开直播的人可不少，许多人想取代你，如果你再不继续直播，可能有很多人会转向其他直播者，这对你会很不利。"

"是的，我……明白了。"穗美挂断了电话，板着脸对查尔斯说，"查尔斯先生，我在此代表东京警视厅向你郑重道歉。"说完，她深深鞠了一躬。

查尔斯笑了："没关系，我想尝尝日本的小吃，现在你能陪我一起去了吧？"

穗美不置可否："请这边走。"

丽莎的脸上现出了暧昧的笑容，侧过头在查尔斯耳边低声说："整个世界都在看着你们，征服她，收视率会再翻一番的。"

六

"宅见君，你怎么了？"

"嗯？"直人回过神来，发现朝仓正关切地看着自己，"对不起，你说什么？"

"我是问你，收看别人的感官直播是什么感觉？"

"这个很有趣，"直人想了想说，"首先需要一个磨合阶段，无论收看谁的直播都是这样。一开始不会很顺利，你看到的颜色不像颜色，声音不像声音，好像是在看 20 世纪的 2D 电影，有一种无法形容的古怪。人与人的感官生理上差不多，但神经元结构上总有微妙的差别，所以你必须非常努力才能把握这些感觉的意义，更不用说体会其中的细微差别了。你会有好几天都觉得云里雾里的，很不真切，然后某一天，突然像顿悟一样，你便能真正感到那些感觉是自己的了。"

"你能感到那个人身上所有的感觉吗？"

"差不多是所有的，视觉、听觉、触觉、嗅觉、味觉、重力感、冷热感……以及身体痛苦。比如，如果直播者的手被一根针扎了，你也会感到同样的尖锐刺痛感，不过因为信号经过过滤，在强度上要低一些，这是对接收者大脑的一种保护。你知道英国歌手菲利普·波尔特吧，三年前他在直播的时候，突然被一名狂热的粉丝在其腹部连捅 10 多刀而死，两万名收看者同时痛得死去活来，其中近 500 人立刻昏厥，30 多人因此猝死……那是轰动世界的大新闻，从那以后国家就加强了对接收者的保护，以防直播者遭遇险情时危及他人。"

"嗯，那么……"朝仓问，"快乐呢？直播能传递快乐吗？"

"这个……"直人想了想，"一般来说，无法直接传递快乐，因为快乐涉及人整体的状态，不是个别的感觉。但某些生理性的愉悦感是可以传递的，比如享用美食的感觉。"

"那你也不知道对方在想什么了？"

"是啊，无法知道。各种感觉都有固定的脑活动区域，但是思想没有，思想是大脑各区域协调工作的产物，不可能定位到具体的部分，而且依赖于特殊的记忆模块，难以一一对应地传递。实际上，正是因为思想无法传递，人们才敢于进行直播，因为他们心中还能保留一块自己的隐私之地。"

"所以，收看一个人的直播是什么感觉呢？"朝仓越发好奇了，"你能看到他看到的，听到他听到的，就像活在他身体里那样，但是你又不知道他在想什么，而且也无法控制他的身体动作，感觉好像自己的身体被别人控制了一样，那应该很别扭吧……"

"你说得不错。"直人的谈兴被勾了起来，突然很想倾诉他这几年的心得，"但请注意，这只是第二阶段！下一阶段就是建立意识协调性。也就是说，你要和他建立同步的思想活动，以配合他的动作，就好像那是你自己的动作一样。"

"这怎么可能呢？"

"有点难，但并非完全不可能，你必须尝试。首先得学会放弃自己多余的想法，习惯直播者的生活和做事方式，当然也要学会理解他用的语言。当做到这些之后，你在大部分情况下就可以像直播者那样去思考和行动。实际上，这并不像你想象的那么艰难。人大部分的念头和行动基于身体感受，当把后者视为'自己的'之后，也就得到了打开前者的钥匙。比如面前有杯香喷喷的咖啡，端起来喝一口不是很正常的动作吗？"

"但是……总有一些事情是接收者无法想到的吧？比如一些比较高级的思维过程和决定。"

"是的……所以需要你用心去体会。但也有一些技巧，你必须什么也不去想，把自己的内心空出来，让接收到的感觉带着你走，这样经过一定时间，你会感到自己渐渐和直播者建立了冥冥中的感应，就好像你变成了他本人一样。"

"那你只能和一个直播者建立这种关系吧？"

"理论上当然不止一个人，不过保持同一个对象是最理想的。如果经常调换对象，就很难保持意识协调性了。"

"可这是为什么呢？"朝仓问。

"什么'为什么'？"

"为什么你要在感觉上成为直播者本人呢？这不是过分的想法吗？我们希望了解直播者，并不代表你要成为他本人啊！何况这也是不可能的。"

"怎么不可能？！"直人有些恼火，"你没有尝试过，所以完全无法体会那种奇妙的感觉，那种灵肉合一的理想状态，那种你真正拥有另一种生活、另一种人生的感受……否则你就不会那么说了。"

"嗯，大概是我不了解，"朝仓无意争辩，"不过直人君，你也应该多出去运动一下啊。附近新开了一家体育馆，我每天都去打球或者游泳，我们一块儿去吧？"

直人觉得有些可笑，他今天刚飞行了上万千米，从地球的一边飞到了另一边，现在这个小姑娘要带自己去运动？她懂什么？！

不过，查尔斯的直播看来一时半会儿无法恢复，那么不管怎么说，总需要做点什么来打发时间，或许这也是一个不错的选择，总比在家里不知干什么好，不如……

"这么说的话，"直人点点头说，"我就——"

"叮咚"——提示音在他耳边响起，脑桥的芯片将信息传达进他的脑海，天啊，查尔斯的直播又开始了！

"我就过两天再去吧，谢谢你！"直人忙打了个哈欠，"对不起，我有点累，现在想先睡一会儿……"

"可是……"朝仓无力地抗议，但最终还是被直人请了出去。

直人关好门，热血沸腾地躺下，觉得眼前的陋室又变得美好而温馨，接下来会发生什么？我会和仓井雅、细川穗美还是其他什么人在一起？做什么事情？怎样打发这个美好的夜晚？

无论如何，真正的生活又开始了。

七

查尔斯戴着墨镜，手里拿着一串章鱼丸子，坐在秋叶原街头的一家小吃店里，津津有味地咀嚼着。细川穗美坐在他对面，面前的一碗豚骨拉面一口也没碰过。虽然稍做掩饰，但店里的不少客人还是认出了他，跟他打招呼，查尔斯也挥手致意。还不时有人来管他要签名或合影，但都礼貌有序。

穗美左右看看，稍稍松了一口气："你就这么大摇大摆地坐在这里，不怕被那些粉丝围堵？"

"不怕，我的粉丝当然会第一时间收看我的直播，既然他们可以直接看到我在干什么，为什么还要跑来围着我们？对了，你怎么不吃面？"

"我……还是没法适应，"穗美觉得自己的脸在发烧，"这种 1000 万人都在盯着我们的感觉……"

"不是盯着我们，"查尔斯笑嘻嘻地说，"是盯着你，1000 万人在通过我的眼睛看着你。"

"反正感觉很不对劲。"穗美嗔道。

"刚见面的时候，你可没这么紧张。"

"因为我不太清楚这些什么感官直播的玩意儿，刚才你跟我说了我才知道的。这是近几年才兴起的吧？"

"不，有 10 年了，我是最早进行直播的人之一。"

"哦，对，不过近几年才在东亚普及的。日本是一个重视个人隐私的社会，我很难想象如何完全公开自己的一切。"

"并不是一切，"查尔斯微笑着说，"至少我上厕所的时候一定会暂时关闭直播，要不然可太臭了，没人爱看。"

"但是你的各种生活，甚至那种……事情……"穗美不由得吞吞吐吐起来。

"你是说性爱？"查尔斯直言不讳，"这是人正常的生理需要，没什么可隐瞒的。"

"但毕竟是个人的私事呀。"

"但全世界都在看着你酣畅淋漓地享受的感觉也是很棒的，"查尔斯对她眨眨眼睛，"仓井雅说她很喜欢呢。"

"她？当然喜欢了！"穗美撇了撇嘴，"她就是干这个的。"

查尔斯大胆地继续发动进攻："也许你应该尝试一下新的生活方式——"

"听着，查尔斯先生，"穗美有些羞恼地直视着他，一字一顿地说，"不是所有人都欣赏你这套生活哲学。因为不得已的缘故，我受一些上级人士的嘱咐尽力招待你，但吃完这顿饭，我们从今以后再也没有任何关系，你懂吗？"

看来是块难啃的骨头。查尔斯摊了摊手："当然，那是你的自由。"

曾经有好些个女孩对我说过类似的话，查尔斯想，因为她们最初对暴露在公众面前有一种本能的恐惧，但是不久后，她们就离不开这种被全世界关注的美妙感觉，她们会一个个爱上这种新生活，放弃之前的固执……细川穗美也许会和她们一样，但如果不一样，或许更有意思……

三个七八岁的男孩蹦蹦跳跳地走到他们身边，打破了两人间的沉默，对查尔斯说："こんばんは！"

"Konbanwa！"查尔斯知道男孩说的是"晚上好"的意思，于是笑着照样学样。

孩子们用日语叽里呱啦地说了一堆话，查尔斯不解地看着穗美，穗美只好充当翻译："他们说下午看了你飞行的直播，说很喜欢你，将来也要做像你这样的大飞行家和作家。"

查尔斯摸了摸一个男孩的小脑袋，"孩子，做不做作家或者飞行家并不重要，重要的是，做你自己，去做你心里想做的。"

"可是我就想当一个飞行家，太帅了！"男孩说。穗美在一旁继续充当着翻译。

"那就先做一个小飞行家！你可以先去三维虚拟机上体验一下，参加虚拟飞行比赛。"

"虚拟的太无聊了，我想开真的飞行器，就像您的'飞马座号'一样！"

"事情总要一步步来，"查尔斯耐心地说，"如果你真的热爱这项运动，首先就会喜欢上虚拟机。或者你也可以多收看我或者其他飞行家的直播，能从中学到很多东西——对了，儿童不宜时段除外。"

一番问答后，孩子们拿着查尔斯送给他们的签名照片高高兴兴地走了，穗美撇了撇嘴："你还挺能说的。"

查尔斯笑笑："我只是说出自己内心的想法。这是我一直坚持的价值观，每一个人都该做他自己，实现自己的价值。我不是什么高高在上的偶像，要人去顶礼膜拜。我开放直播的目的和其他人不一样，我只是想让大家都了解，查尔斯就是这样一个人。"

"你不是靠这个赚钱的吗？"穗美尖锐地说。

查尔斯皱起眉头，他最反感这种误解："你错了，我不用靠这个生活，无论是作为飞行家还是作家，我的收入都可以维持一份相当舒适的生活。我的直播是完全免费的，我没有从中获得过一分钱的利润。"

"对不起，我不是那个意思。"

"没关系，"查尔斯耸耸肩，"有很多人都这么看我，我也无力改变别人的想法，我只是不希望我的朋友误解我。如果你了解我，应该知道在开始直播之前，我就发表了好几篇小说，并且拿了跨太平洋飞行赛的季军，我根本不需要靠直播来增加自己的名声。不错，这些年我顺应了直播时代的发展。现在随时都有上千万人收看我的直播，但我一向认为，我作为个人并不重要，重要的是我代表了直播的理念。这个理念并不是要摧毁个人隐私，而是共享更多的信息，分享彼此的苦乐，使得人类作为一个整体。在这个过程中，人们在从直播中丰富自己的生活经验的同时，才能更真切地理解自己的内心，知道自己的价值在哪里。"

"说得也有些道理……"穗美若有所思，"但一直有无数人盯着你的一举一动，还是太……太不自由了。"

"这么想其实是不自信的表现，"查尔斯不以为意，"我就是我，独一无二的查尔斯，即使被亿万人看着，我的自由也一点不会减少。"

"也许因为你是美国人，"穗美说，"你们美国人一向充满了自信，但日本人不是这样，从小父母教给我们太多的礼仪，我们必须学会在别人的注视下来规范自己的行为，从而更渴望自己的私密空间。我记得，在我读幼儿园的时候，每天我和其他孩子都在一个小花园里面玩耍，说是玩耍，其实还是要遵守很多规矩。那个花园的尽头是一排树，树的后面就是墙，但事实上，在树和墙之间还有一小片空间，只是一般人注意不到。有一次，我发现了那么一小块地方，里面有几丛野花。虽然是树枝下一小块普通的地方，但我开心极了，每次都偷偷爬到那里去自己玩。我不是不愿意和朋友分享，但只有一个人在那里的时候，才会感到安静和放松。我可以一个人傻笑，或者一个人流泪，不会有人打扰。可惜没过多久，那里被其他人发现了，好多人都跑过来，践踏那些草地，采摘那些野花，我的小世界也就毁了。"穗美有些黯然，她不知道自己为什么会和查尔斯说这些，她和其他人都没有说过，现在倒好，全世界都知道了她的童年秘密。

查尔斯有些动容，想了想说："但那是别人破坏了你的小花园，他们并不只是在一旁看着你。"

"不，有没有破坏区别不大，只要他们在那里，我的感觉就被毁了，我就不再是我自己了。难道你没有过这样的感觉？"

"这个……大概小时候会……"查尔斯第一次有些犹豫，"不过现在早就没了。"

穗美看着他，眼波流转："那么我倒有一个建议：关掉你的直播，感受一下在自己的世界里，一切只属于你自己的感觉，也许你会感到些许不同。"

"关掉直播？"

"也许只需要一分钟，你就会感到那些不同。"

"不行，这会破坏我对收看者的承诺……"

"查尔斯，你不是说你推崇的价值是做自己想做的事吗？"穗美有些嘲讽地说，"仅仅一个实验，你都不敢？"

"这个……"

"查尔斯，你不能听她的！"查尔斯眼前跳出了一个虚拟视窗，这是丽莎通过脑桥芯片输入他的视觉神经的，只有他能看到，收看者那边都被过滤掉了。

"可是，我只是想试一两分钟而已。"查尔斯也将自己的念头通过芯片发射出去。

"一秒钟也不行，几千万人在盯着，这关系到你的形象！"查尔斯仿佛看到丽莎声色俱厉的样子。

穗美察觉到了查尔斯的细微动作，猜到了他是在用脑桥芯片和他人联络，似笑非笑地说："我猜，是你老板不让吧？那就算了……"

"老板？"查尔斯被激怒了，"我没有老板，我就是我自己的老板，不需要听其他任何人的！"

他用大脑命令智能芯片停止直播，并在心里念出控制密码进行了确认。霎时间，一种嗡嗡的背景音消失了，四周就这样安静下来。这不是他第一次中止直播，却是第一次为了中止而中止，感觉似乎确实不同。现在，无论他说什么、做什么，都只有眼前的这个女孩知道了。他和她之间一下子奇妙地亲密起来。

"感觉如何？"穗美问。

"没什么特别嘛，"查尔斯轻描淡写道，"不过还不错。"

不，不是那么简单。仿佛世界消失了，只剩下他和对面的女郎，但又仿佛有一个新的维度打开了，通往一个无限延伸的深邃空间。

八

宅见直人喘着粗气，在一片蕨类丛林中狂奔，身后一头张牙舞爪的霸王龙追赶着他，它每迈出一步，大地都发出震颤。但它走得不快，如同猫戏老鼠一样不紧不慢地跟在他后面。直人几乎能感到它鼻子里喷出的热气。

直人竭力迈动步子，想要逃离怪兽的魔爪，但他大汗淋漓，腿脚酸软，脚步不由得慢了下来。没多久，霸王龙一个大步就赶到了他前面。它转过硕大的身子，张开血盆大口，咬向他的脑袋。直人不由得大叫一声，瘫软在地上。

霸王龙和丛林消失了，变成了一行行浮动的数据："距离——546 米；时间——116 秒；平均速度——4.7 米／秒；肺活量——1250 毫升；健康状况——B-……"

朝仓的小圆脸朝他俯下来，直人趴倒在三维视景跑步机上，累得说不出一句话。

"才跑了五六百米就不行了？"朝仓嘻嘻笑着说，"我都能跑 1000 米呢，直人，你真是太久没锻炼了。"

直人总算爬了起来，喘息着说："什么事……都得……有个过程嘛……"

"那咱们继续吧，我把恐龙的速度再调低点？"

"不行……我得……先歇歇……"

他们坐到一边的视景躺椅上，便有凉爽的微风自动吹拂过来，面前出现了碧海蓝天的视景，涛声起伏，旁边还有两杯冰镇柠檬汁，这倒是真的。

凉风习习，一大口柠檬汁下肚，直人惬意得似乎每个毛孔都张开了："好久没有这么舒服过了，运动过以后再来这么一杯，感觉太棒了。"

"在看查尔斯的直播时你也会锻炼吗？我的意思是，也会有锻炼的感觉吗？"

"倒是有……"直人说，"不过查尔斯的身体永远是那么健康有活力，我这身子没法比，再说因为有痛苦感的阈限，所以从来不会感到太累。"

"所以啊，以后跟我多来这里锻炼吧！"朝仓笑盈盈地说，

"我们去游泳吗？"

"快看，查尔斯这浑蛋终于滚出来了！"直人还没回答，旁边突然传来一声叫喊。

直人向一旁看去，墙壁上的投射屏正在播报新闻："昨日在东京秋叶原失踪的著名美国飞行家查尔斯·曼在失去联络 17 个小时后，于今日午间重新现身，他身边还有一位日本女性，即最新的绯闻女友细川穗美小姐……"

查尔斯又出现了！

昨天晚上，查尔斯受穗美的怂恿停止了直播，此后一直没有恢复。直人手足无措，最后赶去秋叶原，结果刚出地铁，就看到人群涌向查尔斯所在的小吃店，只见查尔斯的"飞马座号"拔地飞起，消失在夜空中。据说，查尔斯和穗美遨游太空、享受二人世界去了，然后整整一夜都没有消息。直人左等右等，一无所获，今天百无聊赖之中和朝仓一起来健身房，想不到总算有了查尔斯的消息。

"查尔斯拒绝接受采访，只说是飞船失去动力。但据媒体报道，他的飞船在近地轨道上停留了一夜，而细川小姐当时也在舱中……"

"反正我算看出来了，查尔斯说的那套什么自由啊，共享啊都是假的，到时候直播还不是想关就关，根本没把我们当自己人。说穿了和其他明星没有什么两样，一样的货色。"旁边有人一边看新闻，一边说。

"你这么说就不对了！"直人忍不住站起来抗议。

　　那人也是个 20 多岁的青年，诧异地看了直人一眼，反唇相讥："我说什么关你什么事？"

　　"如果你喜欢查尔斯的话，怎么能这么说？你们不了解他吗？很可能只是芯片故障嘛！"

　　"原来是查尔斯的脑残粉。"青年不屑道，"什么故障，你没听到昨天的直播吗？他说了是自己要停止直播的。"

　　"这个……就算是，那也只是暂时的，以前他在布拉格和仰光的时候不也有过这样的暂停吗，你难道不理解人家需要有点自己的隐私吗？"

　　"我又不是那家伙的崇拜者，"青年冷哼道，"我收看他的直播，只不过为了看他怎么和那些女星在一起玩，过把干瘾，结果仓井雅他不要，去找这么个女警，还停止了直播，那我还看什么？可笑！"

　　"你这种素质的收看者，根本就不配去收看查尔斯的直播，你怎么能理解他的生活理想？"

　　"这么说你倒是理解，可到头来不还是被他一脚踢开？白痴，懒得理你！"对方冷笑一声，扬长而去。

　　直人气呼呼地坐下，一肚子火不知道往哪里发。

　　新闻中继续播报着："查尔斯的经纪人丽莎·古德斯坦女士表示，昨天的直播中断是由技术故障引起的，目前直播已经完全恢复，她代表查尔斯为给大家带来的不便而致歉……"

"直人，你不会又要赶回去收看查尔斯的直播吧？"朝仓小心翼翼地问。

"别问我，不知道！"直人恶声恶气地说。

"问问而已，你不用这么凶吧？"朝仓咕哝着。

"不好意思，"直人调整了自己，"我只是……"他不知说什么好，又颓然躺在椅子上。

直人的心里也在怨着查尔斯，这家伙凭什么关掉直播，凭什么中断我和他之间的联系？这些日子以来，直人几乎已经能够感到自己融入了查尔斯的灵魂。当他说要关掉直播的时候，直人甚至发出了赞同的呼声，而没有想到自己会被屏蔽在外面，以至于下一秒钟，直人就被抛回了自己的房间里。

那时，直人才痛苦地意识到，自己永远无法成为查尔斯，只是依附在查尔斯身上的游魂。

近三四年来，直人几乎无时无刻不在收看查尔斯的直播，每天他都生活在查尔斯的生活里，和他一起面对一切，一起参加竞赛，一起构思和写作，连英语都练得比日语更流利，直人几乎已经忘了自己是谁。只要他仍然把自己当成查尔斯，就可以取得一个个令人瞩目的成就，参加上等阶层的酒会，周游世界，住七星级酒店，享受粉丝的热爱，与许多漂亮女人一夜风流……

但最重要的不是这些，而是查尔斯身上体现出来的个人价值、自由精神和充满自信的生活方式。在查尔斯身上，他才感到自己活得像一个人。而他本人呢，宅见直人，一个不得志的程序员，一个人生的失败者，工作没有前途，日子了无生趣，和父母关系冷漠，女友跟别人跑了，连一个说得上话的朋友也没有……几年前，他甚至想过自杀，如果不是查尔斯的直播拯救了他，他说不定早已经过了黄泉比良坂。

是查尔斯给了他新生和希望，重塑了他的灵魂，让他觉得自己可以有一种有价值和尊严的生活。但现在，这一切又变了。直到昨天，直人才真切感受到，查尔斯可以随意停止直播，切断对他来说不可分割的联系。过去的一切不过是自己一厢情愿的臆想，他纵然拥有和查尔斯一样的灵魂，却也无法真正拥有查尔斯的生活。

他还是宅见直人，也只能是他自己。不过，今天的经历让他觉得，或许暂时做回宅见直人自己，也不是什么坏事。当然，他还会收看查尔斯的直播，但不是现在……

直人下定决心，站起来，伸了个懒腰："朝仓，我们继续跑步去吧！今天我要跑够 3000 米呢。"

"好啊！"朝仓开心地笑了。

九

"查尔斯，我再重复一遍，你不能这么做！"丽莎在电话里怒气冲冲地咆哮着。

"丽莎，我跟你说过至少 10 次了，"查尔斯坚决地重申，"以后我和穗美在一起的私人时间不会进行直播，这是我的决定！"

"所以你每天的直播时间就减少到了不到 8 个小时？这会扯断你和那些粉丝之间的纽带！这一个月来，你的收视率狂跌不已，上周只有不到 200 万人还在收看你的直播了，你已经从收视冠军的宝座跌到第 10 名以后了，醒醒吧，现在那个丑星小金凤的关注者都比你多！"

"那就让他们去关注小金凤好了，我不会有什么损失。"

"查尔斯，"丽莎像在克制自己的愤怒，放缓语气说，"听着，我们需要仔细谈谈，越快越好。"

"改日吧，"查尔斯冷冷地说，"今天是我和女友认识 100 天的纪念日，今晚我可不想被人打扰。"

"可是——"

查尔斯不客气地挂断了电话，对面的穗美眉毛一扬，问道："什么事？"

"只不过是工作上的事，没什么大不了的。"

"那我们继续吧！还没玩够呢！"

穗美笑着抓住他，查尔斯拦腰一抱，穗美就半倒在他怀里。看着穗美带着羞意的笑容，查尔斯心神荡漾。突然，穗美从他怀里挣脱，查尔斯感到脚下一绊，重心失衡，反而摔倒在地。

"哈哈，你又输了！"穗美拍手大笑。查尔斯不由得庆幸自己关闭了直播，要不然自己摔跤输给一个纤纤女郎的样子就会被全世界看到了。穗美毕竟是受过正规格斗训练的，看上去娇小柔弱，但真正玩起摔跤来，总是赢多输少。

　　"快，认赌服输，变成小马！"不等他站起来，穗美就骑到了他身上。查尔斯只有苦笑着承担了马匹的角色，狼狈地乱爬起来。

　　从什么时候起，潇洒不羁的查尔斯变成了现在这副模样？

　　说来也巧，那天查尔斯关闭直播后，一堆无所适从的粉丝跑来围堵他，查尔斯和穗美只好乘着"飞马座号"狼狈离去，却忘了飞船的燃料几乎耗尽，到了太空就动弹不得。查尔斯打开直播，想要呼救时，才发现飞船上的中微子转换器也没有了电力供应，和外界全然失去联络。结果，一次简单的饭后散步变成了在太空中十几个小时的惊魂飘游。

　　但也正是那次经历，大大拉近了他和穗美的距离。穗美从没有上过太空，那天因为失重飘来飘去，水都喝不进嘴里，不免有许多尴尬场面。那天并没有像人们想象的那样发生什么，但几天后，查尔斯带着一飞船的玫瑰再次飞到日本，软磨硬泡开始了第二次约会……他们终于成了情侣。只是穗美有一个原则，在他们约会的时候，绝不能打开感官直播。查尔斯答应了下来，而不久后，他就在这种私密关系中发现了新的乐趣。他会去做许多从前根本不会去做的事，扮小猫小狗，说白痴兮兮的情话，像孩童一样打打闹闹……怎么轻松怎么来，而不是在全世界的注视下，在床上完美地展现他的情人风范。

在许多年之前，查尔斯也曾经有过这样放松的人生岁月，只是年深日久的直播生涯让他已经忘了过去的自己。

今晚，在查尔斯新买下来的箱根湖边的别墅里，又是一次温暖而自在的约会，虽然没有那么浪漫，也不一定很激情，却可以由着他们胡闹。

"喂喂，骑够了没有？"查尔斯抗议着，把背上的穗美掀了下来，压在身下，开始吻她的脖颈，"あなた……"他学会了日语中表示老夫老妻的称谓，"我爱你……"

"嗯……"穗美目光迷离，双唇呢喃。整整一个夜晚在等着他们，不会再有其他人注视，这个房间完全是属于他们的……

他伸出手，想要解开穗美的衣襟，却颤抖着指向了另一个方向——

一记耳光狠狠地抽在了穗美脸上！

穗美的微笑凝固住，她呆住了，一句话也说不出来，双目难以置信地望着查尔斯。

"查尔斯？"过了片刻，穗美才叫了出来，"你疯了？"

查尔斯面目狰狞，脸上的肌肉不住抽动，他抬起手指着门口，言简意赅地说："滚！"

"查尔斯，你怎么能对我——"

查尔斯粗暴地推开她："出去！"

穗美惊讶不已，怔怔地盯着查尔斯看了半天，终于爬起来，披上外套。"查尔斯，你真是个浑球儿！"她飞起一脚踢在查尔斯的裆下，然后头也不回地冲了出去。

下体传来的疼痛让查尔斯弯下了腰，然后跪倒在地，双手撑着地板，喉咙痛痒难当，他剧烈地咳嗽起来，几乎连肺都要咳出来，眼中都是泪水，四肢也都在奇异地抽搐着。不知过了多久，当他从肌体的苦楚中稍稍恢复过来时，才发现面前有一双红色的高跟鞋和一双修长的丝袜美腿。

查尔斯抬头望去，看到了丽莎·古德斯坦熟悉的面孔。

"丽莎？"查尔斯惊讶地爬起来，"你怎么来了？"

丽莎的表情似笑非笑："你不肯来找我，我只有自己来了。"

"可是你怎么知道我在这里？我明明是关闭了位置查找的功能，还有——"

丽莎没有回答，却反问道："一巴掌赶走自己的女朋友感觉如何？"

查尔斯又感觉到眼前开始模糊："你怎么知……这么说，刚才难道是……是你……"

丽莎轻轻抚摸着他的脸颊，用悲悯的口吻说："查尔斯，查尔斯，不要怪我，这是你逼我们的。"

最可怕的怀疑被证实了。查尔斯瞪圆了眼睛，喃喃地说："你能通过芯片控制我的肢体？是你的人在操纵我？可是，那种芯片怎么会……怎么……我以为只是单方面输出的。"

"不存在纯粹的单方面输出，其他人能够通过中微子波束接收到你的脑波，你也能接收到其他人的。"

"可我以为只是感官知觉，想不到居然……"

丽莎的目光中带着不屑和怜悯："查尔斯，你不知道的事情还很多呢……让我们从头说起吧，你记得几年前的那个秋天吗？那是你初赛告捷之后的第二年，你花了几十万改装飞船，参加飞行比赛，雄心勃勃地想要夺冠。结果一败涂地，血本无归。你走投无路，打算放弃自己的飞行事业，回家接手你父亲在田纳西乡下的小农庄。"

"我记得，是你在一个小酒吧里找到了喝得烂醉如泥的我。"查尔斯回忆着，那是一段他平素不愿意去想的记忆，"当时你告诉我，你是一个脑科学实验室的工作人员，正在试验一种脑桥芯片，可以实现不同的人之间感知功能的共通。如果自愿参加，成功了可以有 20 万美元的酬劳；如果损害我的健康，更有极其高昂的补偿金。我为了筹集下一次参加比赛的资金，接受了手术，不久就开始了实验性质的直播。"

"但事实上，那不是真正的实验。"丽莎接着说，"15 年前，贝尔实验室发明了一种芯片，可以嵌入人的脑桥部分，本来是用来实现脑机关联的，结果不甚理想，但科学家在这个过程中却意外地发现，它可以实现不同的人之间的脑波传递。在你之前已经有过几次实验，动物的、人的，技术上都很成功。然而，这项划时代的发明却派不上用场，没人想在脑子里装一个金属盒子，把自己的意识状态传递给别人，虽然他们并不反对看到别人的。

"为了推广这项技术，我们找了几个普通人，许以优厚的报酬，说服他们进行直播，这倒是问题不大。可问题是，除了个别好奇心过剩的家伙，同样没有人愿意在自己脑子里动一刀，就为了看到区区几个无名小卒的家长里短。

"因此我们想到了一个更好的主意：如果有令人感兴趣的名人愿意直播自己的生活，示范效应是显著的，会带动大批粉丝和其他民众接受脑桥芯片，整个产业就被激活了。

"我们和一些电影明星、运动巨星和知名作家接洽过，但是很可惜，没人乐意。这也不奇怪，如果你已经功成名就、生活安逸，干吗要冒险把自己的头颅打开，装上那么一个古怪玩意儿，让所有人都看着你的一举一动？因此，我们需要物色一个合适的人选成为这场新技术革命的突破口。上头决定，找到一个有潜质的草根少年，包装他，宣传他，让他成为感官直播的代言人。"

十

"所以你们就找到了我。"

　　"是的，"丽莎直言不讳，"你当时已经小有名气，却陷入事业的瓶颈，你需要钱，因此会接受手术；你从心底渴望那种被万众仰望的感觉，因此对直播不会有很大抵触；你相貌英俊，性格风流，这对我们更有利。只要你的事业能够成功，就能吸引越来越多的人收看你的直播。让自己转眼间和世界上最酷、最有型的风云人物合为一体，这个诱惑没有几个人能经得起。"

　　"原来如此，可是为什么偏偏是我？你们怎么知道我将来能够获得巨大的成功？"

　　"呵呵，"丽莎笑着摇头，"查尔斯，亲爱的，你果然还是那么自恋。你还不明白吗？"

　　查尔斯内心已经隐隐明白，浑身一阵冰冷，但丽莎毫不留情地揭穿了这个秘密："当然并非'偏偏'是你，你只是我们留意的诸多对象之一，选你只不过是偶然。如果我们选中了其他人，一样能把他推向成功的顶峰。查尔斯，你从来不是靠自己而成大事的，没有我们就没有你。"

　　"这么说不公平，我的成功的确有感官直播的帮助，但也是靠我自己的努力！"查尔斯挣扎着说。

　　"你的努力？"丽莎冷笑，"查尔斯，你做了10年的美梦，该醒醒了！你真以为自己是不世出的飞行天才？这些年你之所以赢得那些比赛，驾驶经验和技巧只是次要因素，根本原因是你拥有比其他人配置更好、价格更昂贵的飞船，你可以找到最专业的设计师和各种技术上的顶尖专家，这些都是用钱买的。以你的先进飞船就算是电脑自动驾驶，说不定也可以飞第一。"

查尔斯涨红了脸，却无从反驳："这……就算是用钱买的，也是我自己的钱！我为许多飞行器厂商做广告，还有厂商赞助，这是我的正当收入。"

"无非是鸡生蛋、蛋生鸡的老问题，那些赞助是谁为你安排的？那些广告业务是谁为你打理的？那些最新款的飞船，刚从风洞里出来就成为你的座驾，那些最先进的引擎和最高级的主控电脑、最舒适的指令舱和空气调节系统，被最专业的技师以最合理的布局组装在你的飞船上，你觉得这一切都是理所当然的？难道他们就必须为你服务？查尔斯，你不是笨蛋，但是这些年你一直被鲜花和掌声包围，让你看不到许多事情。"

"这么说，这一切背后都是你，还有贝尔实验室在搞鬼？"查尔斯恍然大悟，"怪不得，我一直觉得你有点古怪，一开始你代表实验室，后来又到了芯片公司，然后当了我的专业经纪人……你背后的老板究竟是谁？"

"你不用问，问了也没有意义。贝尔实验室，卡特尔纳米技术，高纳利文化娱乐，狮鹫之星传媒，代卡洛斯飞船集团，斯普林格出版社，时代传媒，太平洋电视台，美利坚民主基金会……和你打交道的这些公司和机构，是一个庞大的利益共同体，它们都是其中一分子，但没有谁说了算，如果说有一个幕后大老板，那既不是美国政府也不是罗斯柴尔德家族，而是资本本身。你是整个体系中最重要的环节之一，但绝不是独立的。可如今，你的自作主张危及了这个体系整体的利益。"

"就因为我减少了感官直播？"查尔斯不禁苦笑，"可现在你们已经形成了完善的产业链，有10万人在进行直播！为什么还不肯放过我？"

"但是没有人比得上你，查尔斯。虽然今天许多人开通了直播，但是肯终日直播自己的人还不多，你是其中最重要的一个，是我们打造出来的直播时代的第一位偶像，人们去收看小金凤只不过是猎奇罢了，但你却以自己的生活方式，实现了上亿人的梦想！你对整个事业的重要性无可取代。你那本《我的直播生活》在全球卖了超过三亿册！你象征着一种全新的生活方式，如果你要退回到偶尔直播的状态，直播就变成了一种简单的娱乐和调剂，不会再有那么多人痴迷，也许要花10年、20年才能恢复。"

查尔斯冷哼了一声："嗯，你们不是很能打造偶像吗？再打造一个好了。"

"为什么要重复已经做过的工作？这些年你的名字已经成了世界上最响亮的品牌，就拿你的小说来说，全球销量随便可以卖到几千万册，但是如果以杰克逊·史密斯的名义出版，可能几千册都卖不掉。"

"等一下，"查尔斯隐隐觉得不妙，狐疑地盯着丽莎，"杰克逊·史密斯是谁？"

"当然了，你从不知道他。"丽莎用一种古怪的腔调说，"杰克逊·丹尼尔·史密斯，得克萨斯州立大学毕业，一个不得志的小说家，好莱坞前编剧，出过两三本总共卖了不到几万册的小说，编过一些没人知道的 B 级电影，离过两次婚，四十岁不到就秃顶了……顺便说一句，他还是你大部分小说的作者。"

　　"你疯了？！"查尔斯再也忍无可忍，"你到底在胡扯什么？"

　　"你不必那么激动，"丽莎淡淡地说，"回想一下，在你移植芯片之前，虽然你是一个三流文学爱好者，也写过一些散文和小故事，但从未写过长篇小说，为什么在第二年，你的成名作《雅典神殿》就横空出世？"

　　"我什么时候开始写作和你有什么关系？再说这能说明什么？"

　　"想想吧，你这些大获成功的小说，每部中关键的绝妙情节不都是突然蹦入你脑海的吗？你认为那是缪斯给你的灵感？事实上，灵感也是一种感知，你大脑中有一小块区域——大约在额叶位置——决定了你的综合思维和自我意识，不可侵入——但它也不是完全无法进入，只是一旦进入后，你会变成思维紊乱的精神病人。其他的部位，无论是感觉和运动皮层，还是语言中枢，都可以转译他人的脑波。我们只是根据史密斯的构思，让你的语言中枢产生出相应的概念，当神经冲动被额叶所综合时，就被你的自我意识认为是自己的灵感了。"

"这不可能！"查尔斯大吼着，"那些灵感，明明是我自己冥思苦想出来的……那种创作的感觉……怎么……怎么会是什么史密斯的？"

"在未来，很快就不会再有'自己'了。所谓自我，只是额叶前端一小片决策神经区域制造出来的幻象，但我们却天真地以为它包含了从感觉到情绪和思维的一切，但感官直播时代撕裂了这些关系。查尔斯，你站在了新时代的开端，你是新时代的使徒。"

查尔斯瘫坐在墙角，忽又爆发出一阵神经质的笑声："哈哈哈，真有意思，你花了这么长时间告诉我，我是一个一无是处的废人，我所自以为傲的成就，都不过是幻觉……现在你又对我说，我是什么使徒！"

"真相往往是令人刺痛的，"丽莎说，"但是沿着这个方向走下去吧，很快你就会知道，你是废人还是天才并不重要，重要的是你感到你是什么，纵然那些灵感是来自杰克逊·史密斯的，但你仍然感到千真万确是你自己的创作，这就足够让你获得写作的满足感了。

"在外面的世界，有千万人每天都感到他们就是你，是查尔斯·曼，是大写的人，他们不在乎自己实际上是什么玩意儿，至少有上百万人完全被你同化了，你给了他们本来惨淡的人生以缤纷的色彩。这个数字还将不断增长，没有人能抵抗这至高无上的诱惑。随着脑波传递技术的完善，将来还会有更多的人——几亿、几十亿的人加入这个行列，一旦他们开始收看直播，就会欲罢不能。而不久的将来，有很多更深的感觉和情绪能够传递，甚至是思维，这一行最终会变成什么样没有人知道，但这是一个真正技术奇点的开端。传统的个人生活将一去不复返，世界会变得越来越匪夷所思。"

"可这不是我的理想，我的理念一直是让每一个人成为他自己，追求自己的价值！"

"不。"丽莎摇头，"事实是，即使是你的崇拜者，每个人都愿意成为你，却没多少人愿意成为他自己，这就是人性。"

"好，"查尔斯咬牙切齿地说，"纵然我的一切都是假的，至少我的理念是真的，我不会放弃这个理念。告诉你，我会揭露今天你跟我说的一切。"他试图打开直播，但是不知为何没有反应。

"查尔斯，相信我，你最好不要尝试。"丽莎语带讥讽，"在我们背后，有超过一打人现在正在监视你的一举一动，无论任何时间、任何场合，他们都可以远程控制，让你立刻胡言乱语，变成不折不扣的疯子，你忘了自己是怎么赶走你女朋友的吗？"

查尔斯颓然捂住了脸，绝望地瘫倒在地："既然你们这么强大，为什么不直接控制我的身体，让我说你们想让我说的，做你们想让我做的，让我变成一具行尸走肉？！"

"我们还没有这样的技术能力，感觉和运动涉及的大脑皮

272

层不同，特别是你的肢体运动部分，需要的参量太多，计算量很大，控制起来也很费劲。刚才让你说出那些绝情话已经很困难了，而且相当不自然。”

“可惜穗美没有察觉这些微妙的差异，否则你们做的一切就会穿帮了。”

“不，已经穿帮了。”

一个清脆的女声高声说，查尔斯转过头，穗美明艳的身影又出现在房间门口。

十一

“穗……穗美？！”

“我回来了，”穗美对惊讶的查尔斯点点头，“刚才我确实想一走了之，但作为职业警察，我对一个人的说话语气是否自然还算有些经验，很快就发觉了蹊跷之处，于是我到了门外又重新折返，结果发现还有一个人在这里。我在门口已经听到了你们说的一切，你放心，我没有装什么脑桥芯片，他们对付不了我。”

“查尔斯，你必须让她闭嘴！”丽莎看了一眼穗美，扭头对查尔斯说，语气变得惶恐起来，“如果你不想身败名裂的话。

听我的，继续跟我们合作，你还可以享有一切名利和地位。至于保留一些你自己的隐私时间也不是不可以商量……"

"和你们合作？"查尔斯的牙齿咬得咯咯作响，"丽莎，你刚才还威胁要让我变成白痴！"

"查尔斯，你冷静点。那是不得已的选项，你是我们千辛万苦塑造出来的，只要有可能，我们不会碰你，今天我也只是想劝告你。"

"你们必须给查尔斯以自由，把那见鬼的芯片给拆下来。"穗美面对着丽莎，"刚才那些话我已经录下来了，如果查尔斯有什么闪失，我会立刻向媒体曝光整件事。虽然你们财雄势大，但想必还无法控制全世界。舆论不会站在你们这边，如果人们知道脑桥芯片可以侵入他们的大脑，控制他们的行为，你们的事业会立刻崩溃！古德斯坦，你们再也挟制不了查尔斯了。"

丽莎看了看穗美，又看了看查尔斯，无奈地苦笑："看来我们是陷入僵局了。取下芯片，牌就全攥在你们手上了，没有人会蠢到答应这种自杀式的条件。但如果你们要泄露真相的话，查尔斯也随时会变成一个白痴，穗美小姐，你忍心这么做？"

一时间，室内的三个人都沉默下来，但空气中的紧张却丝毫未有舒缓。

"好吧，无论如何，你们不能再摆布查尔斯了。"过了一会儿，穗美带着让步的语气说。

"对，"查尔斯的声音中充满痛苦，"我希望你和你代表的势力离开我的生活，滚得越远越好！我和你们以后再无瓜葛。"

丽莎的脸色阴晴不定，良久才说："你的意思是，我们不再干涉你们，而你们也会将一切封在肚子里，绝不外泄？"

查尔斯点了点头，现在他唯一想做的只是摆脱这个噩梦，"如果你们能放过我们，这没问题。"

"但你将会从成功的巅峰跌落，从此失去一切。"

查尔斯面色惨白，摇了摇头："我从来没有什么成功，一直在做一个可笑的美梦，只是今天才终于明白，我想快点结束这个错误。"

丽莎看向穗美，穗美不语，似乎也默认了查尔斯的决定。丽莎终于下定决心，点了点头："好吧，如你所愿。但你记住，不论你是否打开脑际连接，你的一举一动我们都能看到，不要想在我们眼皮底下玩什么花样。查尔斯，你是聪明人，不会给我们添乱的，是不是？"

查尔斯缓缓点了点头。

"同样，你们也别想玩花样。"穗美提醒她说，"有关资料，我会妥善存储，如果我和查尔斯有什么问题，网络上很快会铺天盖地都是你们最不想被看到的东西。"

一丝冷笑划过丽莎的嘴边："那就再见了，查尔斯，我的老朋友，希望你不会后悔。"她转过身，大步从穗美身边走过，离开了客厅。不久，外面传来了小型飞车发动的声音。

查尔斯瘫坐在地，一句话也说不出来。穗美走到他身边，跪坐下来，无言地将手放在他的脸颊上。查尔斯望着穗美，她的眼神充满关切，她的手温暖而绵软，身上的气息芬芳淡雅。

他知道自己失去了一切，却拥有了这个女人。从今以后，也许他们将像普通的男女一样，度过平凡的一生。

查尔斯抱住穗美，放肆地号啕大哭起来。穗美像母亲安慰孩子一样，轻轻抚摸着他的头发。而查尔斯却抽泣着，将她抱得越来越紧，让她喘不过气来，但那是一种悲恸中闪现的幸福。

等到穗美发现查尔斯实在抱得太紧的时候，已经太晚了。

不知什么时候，查尔斯已经压在她身上，双手紧紧地卡在她的脖颈上，他的两只大手拼命压向她白皙脖颈的深处，力气异乎寻常地大。他的双目奇异地凸起，喉头发出咯咯的声音，仿佛被掐住脖子的是他自己一样。

"查尔斯……放……放开……"穗美无力地叫着，但几乎吐不出一个字。她的身体被紧紧压住了，双手拼命在查尔斯的胳膊上抓挠，但查尔斯好像全无痛觉，目光呆滞。

穗美明白了，是丽莎·古德斯坦下手了！如今事情已经激化，她绝不会放过他们。穗美的眼前一阵阵发黑，意识渐渐模糊，生命即将离她而去，穗美只是本能地蹬踢着双腿，做最后的垂死挣扎——

但猛然间，查尔斯的头俯下来，一口咬在了自己的手腕上，鲜血直流，虎口不由得稍微松了一下。穗美什么都来不及想，趁机掰开查尔斯的手，将他推开，连滚带爬地向房间另一边跑去。查尔斯摇摇晃晃地想站起来，又站立不稳摔倒在地，手脚剧烈地抽搐着。

"穗美……快走……"查尔斯扭曲的声音从沾满血的嘴里传出来，显然，他正在和篡夺自己身体的入侵力量搏斗。

穗美不知如何是好，她不敢逗留，但也不能就这么离去，突然她用余光瞥见墙角一个六角形的黑色机箱，闪念之下，她一个箭步冲过去，将那东西举起来，狠狠砸在地上。一声闷响，箱子在地上翻滚了几下，裂开一条大缝，穗美还不放心，又狠狠踩了几脚，机箱发出一系列清脆的断裂声，冒出了几缕淡淡的青烟。

查尔斯突然不动了，像瘪了的皮球一样瘫在地上，只是张着嘴喘着气。穗美冷静下来后，过去扶起他："没事了，我已经毁了中微子转换器，现在他们没法再控制你了。"

"但我们现在不能离开这间屋子，"查尔斯的声音虚弱无力，"外面到处都是中微子信号站。"

穗美知道，整栋别墅因为她的坚持，只设了一个中微子转换器，还对外面的信号进行了屏蔽。但只要离开这栋房子，查尔斯随时会再度被丽莎他们所控制。

"那……怎么办？"

"只有打电话，叫记者来，"查尔斯闭上眼睛，"我们要立刻召开新闻发布会。"

一个半小时后，客厅里满满的都是记者，包括20多家日本媒体和十七八家外国驻日媒体，人们好奇地盯着凌乱的房间及身上带伤、狼狈不堪的查尔斯和穗美，想知道究竟发生了什么。大家交头接耳，大部分人的目光中都有"多半是有什么桃色纠纷吧"的猜测。

"晚上好，"查尔斯没有多废话，从沙发上站起身说，"今晚叫大家来是因为——"

人们全神贯注地留意下面的内容，但查尔斯却卡住了，目光透过众人望向后面的什么地方，仿佛看到了某些东西。他的嘴唇微微翕动，仿佛在和看不见的东西说话。

"查尔斯！"穗美觉得不对劲，抢过话头说，"诸位，今晚我们要告诉大家一件——"

"一件重要的事，"查尔斯却仿佛回过神来，又接了下去，神态一下子变得疲惫，"我决定参加下个月的冥王星超远程飞行大赛。"

"什么？"穗美惊诧不已。冥王星超远程飞行大赛只是一个名大于实的噱头，查尔斯这样功成名就的飞行家根本没有必要参加。前几天被询问的时候，查尔斯还明确表示不会参加。

"大家知道，"查尔斯说下去，"这是人类有史以来最长距离的飞行比赛，远超过之前的地球轨道环日拉力赛。虽然现在只是刚刚开始举办，但将来会成为人类的标志性成就之一。我听说现在报名参赛的人很少，我想要拿到第一个冠军应该问题不大，等以后可就难说了。"

人群中发出轻轻的笑声。穗美看到查尔斯说话的神态相当自然，不像是被人控制的样子，几次想打断他，却终于忍了下来。

查尔斯话锋一转："不过因为冥王星距离地球 30 多个天文单位，整场比赛将持续两年。因为光速的限制和信号衰减，在这段时间恐怕无法再进行感官直播了，非常抱歉。"

人群中发出不满的抗议声，显然其中不乏查尔斯的粉丝。

"那细川小姐呢？你们不是要分开两年吗？"有人问。

查尔斯拉住了穗美的手，在她手心饶有深意地捏了一下："两年的时光不算久，我相信对我们不是阻碍，我会在冥王星的亿万年冰层上，刻下穗美的名字。"

……

"查尔斯，这是怎么回事？"当记者散去后，穗美不解地问。

查尔斯疲惫地揉着太阳穴："不知哪个记者带来了便携式中微子转换器，让他们能够重新打开我脑中的视觉对话界面，给我传达了一个信息。"

"难道他们又威胁了你？"

查尔斯摇了摇头："不是我，是全人类，他们手上有人类的命运……"

"至少一亿人，你记住，"他回想起对方在他视野中闪现的信息，"一亿人的生命安全直接掌握在你的手里，如果事情泄露，我们或许没有能力控制所有的人，但至少可以在几分钟内传播各种紊乱的脑波，大部分人会暂时精神错乱，还有些人会永久精神失常，不知道会发生多少起车祸和各种事故，也许还有几个人会按下核导弹的发射键……世界将会因此天翻地覆！比起这场浩劫来，世界大战都算不了什么。或许地球会在几天内重返石器时代。"

"所以我只能住口，让你们一步步推广那些可怕的芯片，让所有人变成迷失自我的奴隶，直到你们控制了世界，再也不怕外在的威胁？"

"这是历史前进的方向，或者我们将一直走下去，走向一个崭新的未来，或者将爆发激烈的冲突，那时会有上亿人死亡，世界重返远古蛮荒。最终的选择权在你手里，查尔斯。"

"你们手上有一亿个人质，我还有选择的余地吗？"

"这说明你做出了正确的选择，你帮助人类避免了一场大麻烦。不管怎么说，去冥王星的主意不错。我们双方可以不必直接冲突，你也不必担心再被我们暗算。两年后等你回来，你就不再是世界的焦点，可以过自己想过的生活了。"

"而我也可以做出真正属于自己的成就。我要证明自己不是一个傀儡，而是不可战胜的查尔斯……"

"查尔斯，你怎么了？"穗美把他从沉思中唤醒。

"没什么。"查尔斯揽住穗美的腰，抚摸着她长长的头发，怜惜地说，"一切都会好起来的，我保证。"

十二

查尔斯的最后一次感官直播，收看者达到了史无前例的3000万人。3000万双眼睛，随着查尔斯的步伐，一步步走进发射场，面对周围沸腾的人群和头顶蔚蓝的天空。

发射场在日本宇宙中心鹿儿岛县种子岛，24艘形态各异的飞船停在巨大的发射场中央。但和旧时代不同，如今飞船发射不再需要庞大笨拙的发射架。随着宇航科技的进步，飞船可以在地球上任何地方起飞，直冲长空，在这里出发只是一个仪式而已。

这是一个不小的进步，但人类的太空探索仍然在初级阶段。今天的这次宇航大赛，并非只是到月球或火星，而是直奔冥王星，往返仍然需要两年以上的时间。

比赛中，所有的飞船在离开地球后，将利用太阳光帆和各大行星引力场加速，飞向太阳系尽头的冥王星，再合拢光帆，用剩余的燃料返回。虽然原理并不复杂，但横贯整个太阳系的近百亿千米的来回，仍然是一场惊心动魄的旅程。

成为第一个踏足冥王星的地球人，将是太阳系探索史上里程碑式的事件。因为冥王星并没有多少科研价值，也被移出了大行星之列，所以各国政府在发射了一些无人探测器后，并没有进一步开展载人登陆冥王星的计划。但毕竟它的名声响亮，民间宇航爱好者仍前赴后继。几十年中，人类有过七八次载人飞船飞向冥王星的尝试，但大部分都因中途困难无法克服而折返，有的飞船在小行星带被微流星撞毁，有的飞船无声无息地消失在太空深处……冥王星是死亡之星的说法流传开来，近10年没有人敢于再尝试登冥之举。直到这次大赛，才重新唤起了飞行家们征服宇宙的热情。

　　特别是人气偶像查尔斯·曼的参赛，使得这场比赛变得举世皆知，虽然许多人抱怨以后无法再收看查尔斯的直播，但他的勇气和坚韧仍然打动了亿万民众。本来寥寥无几的参赛者，也迅速增加了两倍，虽然只有20多人，但都是飞行精英，让这次比赛变成了一场真正的大赛。

　　"查尔斯！"在沸腾的人声中查尔斯听到一个熟悉的声音，转身看去，老对手乔治·斯蒂尔正向他走来。

　　"乔治，感谢你每次都来当我的陪衬。"查尔斯微笑着说。

　　"查尔斯，你这个花花公子。"斯蒂尔咧开嘴，轻轻给了他一拳，"告诉你吧，这次你一定会输给我。"

　　"哦，为什么？"他们一起肩并肩向场中央走去。

　　"听说你拒绝了卡特尔公司和代卡洛斯集团赞助的高级设

备，只是从几个小制造厂那里订购了一些普通装备，甚至飞船的基本布局都是自己设计和组装的？你太自大了，卡特尔的纳米光帆制造技术无与伦比，在同样重量的情况下，其他公司的产品面积只是它的三分之一，你应该知道这意味着什么。"

"我知道，不过斯蒂尔，我以往太依赖技术优势了，这回我想靠自己的实力赢。"查尔斯诚恳地说。

"这么说，你只能靠不断压缩生活空间来减负，达到一定的速度？"斯蒂尔惊诧的眼神中带上了几分敬意，"虽然是保密的，不过我设法研究过你的飞船构造，结论是如果想要有获胜的可能，你的生活舱必定小得可怜，几乎得和一个棺材差不多，许多娱乐休闲设备都得丢掉，甚至转身都困难，你愿意像苦行僧一样过上两年？这可不像你的风格。"

"为了飞向星辰的尽头，这是我们的宿命。"查尔斯说，"斯蒂尔，如果有必要，我相信你也会做同样的事。"

斯蒂尔不由得点了点头，然后微微一笑说："无论怎么做，这回你都够呛了。不过查尔斯，你的确是一个了不起的人物。好了，将来两年里，我们可以通过无线电慢慢聊天，也许我们会变成朋友的。"

他们像两个亲密的朋友一样，说笑着走到了各自的飞船前，做最后的检查和准备活动。许多飞行家在和家人朋友话别、亲吻。查尔斯检查引擎的时候，一个身影向他走来。查尔斯抬头望去，是一位纤细柔美的女郎。

"小雅？"他站起身。

"查尔斯，"仓井雅姿态娴雅地走向他，"我是来送你的。"

"谢谢你。"

"不，我该谢谢你，查尔斯。其实……我也是来向你道歉的。"

"道歉？"

"查尔斯，"仓井雅酸楚地说，"你知道，两年前我只是一个名气不大的演员，上不了台面，而且年纪也渐渐大了，所以我在两年前精心安排了和你在马尔代夫的那次所谓'偶遇'，然后我……利用了你，和你有了一夕之缘。全世界都看到了那次直播，我成了整个世界的性感女神，之后我扶摇直上，进军了主流影视界，最近还接了一部好莱坞电影。这些都是你带来的，没有你，我不会有今天。"

"别这么说，这也是你自己努力的结果。"

"但以前那些甜言蜜语……都不是真的。"仓井雅凄然地说，"只是我为了往上爬的手腕，我利用了你，我欠你一个道歉。"

"别这么说，仓井雅小姐，"查尔斯也改了称呼，叹息说，"生活就是这样，我们往往是在逢场作戏。只是有时候自己入戏太深，真的把自己当成了所扮演的角色，这不是谁的错，你也无须道歉。"

"无论如何，"仓井雅掏出一个精致的布包，说道："查

尔斯，你是一位很好的朋友，和你在一起我很开心，也学到了
很多东西。衷心祝福你能获得胜利，这是我从明治神宫求来的
平安符，你带在身上，神明会保佑你的。"

查尔斯深深地看了一眼仓井雅，接过了布包："谢谢，我
会带在身上的。"

"那……我先走了。"仓井雅轻轻拥抱了查尔斯，转身
离去。

望着仓井雅的身影，查尔斯的嘴角泛起了一丝复杂的苦
笑。他清楚，仓井雅对他说的那些话，仍然是在利用自己最后
的剩余价值。他和仓井雅之间的男欢女爱一向不过是各取所
需，不仅他们自己，就连每一个直播的观众都心知肚明。但最
后仓井雅的表白，无疑大大提升了自己的形象，让人觉得她是
一个重情义的好女人。

但这并不是说仓井雅全然虚伪，这些话虽然肯定经过精明
的考量，但可能同样是真诚的。我们每个人都在表演，从前是
这样，在直播时代更是这样。或许我们的真诚，只是一种真诚
的自我表演……

"对了，"仓井雅突然又转过身来，好奇地问，"查尔斯，
细川小姐呢？怎么没有见到她？"

"这个……她有点不舒服，"查尔斯说，"不能来了。"

"哦，是这样。"仓井雅有些奇怪地看了他一眼，眼神中
带着胜利的笑意，没多说什么。但查尔斯知道，仓井雅对穗美

"抢走"自己一向心怀怨愤，如今她认为自己和穗美之间一定出了什么问题，所以穗美才没有来，这一定让她感到快意。

但穗美不需要来送他，也不应该来，如今，她藏身在一个绝对安全的地方，掌握着至关重要的证据，以防丽莎和她背后的那些人再趁乱对他们不利，将他们同时杀害。当他离开地球后，对方就再也无法通过脑桥芯片控制自己，穗美会和他每天保持联系，如果对方对穗美下手，自己就可以通过无线电通信公布一切。目前来看，这是最好的办法了。

查尔斯望向远处欢呼的人群：或许，这是我最后一次站在舞台的中央，最后一次成为人们瞩目的焦点。斯蒂尔很可能是对的，这次我的飞船毫无优势，没有获胜的希望，我终将失败，然后被世界遗忘。

但那又如何？飞向太空，飞到那最遥远的星球，是我一生的梦想。并非只有冠军才有意义，只有当宁愿割舍其他许多东西，你仍然要实现它的时候，它才是真正的梦想。

查尔斯，这是最后的机会，做你自己。在这个星球的喧嚣浮华中失去的，你会在广袤无垠的太空中找回来，那里有真正的宁静和救赎……

最后时刻，几十名经过遴选的幸运观众进入发射场，和各位参赛者合影。大部分人都首选和查尔斯合影，查尔斯微笑着一个个接受了，还一一给他们的书或衬衫签名。最后站在他面前的，是一个身材平平、衣着朴素的少女，举止中还带着几分羞涩。

"您好，查尔斯先生。"少女局促地说。

"你好，你是……"

"我叫朝仓南。"少女说。

查尔斯点点头，并没有什么反应。但在他思维的背后，另一个意识却突然在震惊中醒来：怎么是她？她在这里干什么呢？她……什么时候变成了查尔斯的粉丝？

"朝仓小姐，很高兴见到你，你要和我合影吗？"

"嗯，好的。"朝仓站在他身边照了张相，但照完相后，却迟迟不肯离去。工作人员上来要拉她离开，却被查尔斯用手势阻止了。

"朝仓小姐，我还能帮你做什么？"查尔斯问。

"对不起，查尔斯先生……"朝仓深深地向他鞠了一躬，红着脸说，"我想做一件事，请你帮个忙，可以吗？"

"只要不违法，乐意从命。"

朝仓又手足无措了好一会儿，才抬起头，勇敢地直视着查尔斯的眼睛，张口说："私……私は直人君のことを大好きよ！"

查尔斯不明白她在说什么，但另一个意识却突然明白了。他知道了为什么朝仓会千辛万苦出现在这里，并非为了查尔斯，而只是为了对他说一句话……

"我……我非常喜欢直人君呢。"

但查尔斯还没有反应过来，朝仓已经上前两步，勾住了查尔斯的脖颈，踮起脚，吻了他的嘴唇。直人感受到，她的嘴唇轻薄，绵软而湿润，带着夏日的芬芳和少女的气息。

　　"直人，"朝仓哀婉地在查尔斯耳边说，"我就在你身边，可你非要通过千里之外的查尔斯，才能感到我的存在吗？"

　　保安随即冲上来要把朝仓拉开；但查尔斯大概明白发生了什么，让他们不要动手，对朝仓说："小姐，相信你心爱的人会明白你的心意的。"

　　然后，他轻轻地对他根本不认识的直人说："幸运的家伙，不要错过身边的幸福！"

　　……

　　不知什么时候，直人退出了脑际连接，望着房间的天花板，觉得泪水充满了眼眶，又从眼角流下。

　　收看查尔斯的直播许多年，他和无数美丽的女性有过令人艳羡的浪漫且风流的回忆，但他在心底知道，那些和他无关，只是查尔斯的魅力所致。但他宁愿忘记这一点，让自己沉浸在查尔斯的幸福生活里。

　　然而今天，在最后的这场直播中，在他融入查尔斯的三年中，第一次也是最后一次，一切颠倒过来了：那句话，那个吻，是为了他，宅见直人，而不是查尔斯。

　　他不是查尔斯，也永远不会是查尔斯。但他仍然可以做他自己，拥有自己渺小却并非卑微的幸福。有些甚至是查尔斯也无法企及的。

直人坐起身，还觉得头脑昏沉沉的，又是自我麻醉的一天。但以后不会了，查尔斯的直播如今已经结束，即使他从冥王星回来，可能也不会再开启。而直人会去寻找新的生活，寻找属于自己的幸福。

直人下定决心，拨打了一个电话，在响了好几声后，终于被那边接起："你好，我是朝仓。"声音中带着几分紧张和期待。

直人还没有说话，蓦然间耳边响起了引擎声和欢呼声，直人望向打开的电脑荧屏，看到发射场上，几十艘飞船拔地而起，射向天外，在空中留下一条条长长的尾迹，如同远去的雁群。查尔斯已经毅然踏上了苍茫太空的漫漫征途，而这一次，直人无法也不想再依附在他的灵魂上，他有更重要的事要做了。

直人深深地吸了一口气，听到自己颤抖的声音说："小南，我喜欢你，请与我交往吧。"

再见了，查尔斯。

尾声之后

一年后。

一艘天蓝色的飞船收拢光帆，打开登陆引擎，缓缓落向一颗黑沉沉的、几乎完全浸没在黑暗中的星球。飞行平稳，层层下降，看上去一切正常——这也意味着第一个地球人即将踏上冥王星的表面。

但当飞船距离星球表面还有大约 2000 米时，不仅没有降低速度，却突然怪异地猛然加速，旋转着向冥王星表面厚厚的冰层撞去，十几秒后，一朵微弱的火花绽放在冥王星表面，如同黑夜中一闪即逝的火柴，然后就是长久的沉寂。

这是中国的冥王星探测器"谛听"拍摄到的图像，大约 5 个小时后，图像被传送到地球，太阳系尽头的噩耗也随之传来。此后 40 个小时内，任何联络的尝试都归于失败。两天后，另一名比赛选手乔治·斯蒂尔在冥王星成功着陆，发现了面目全非的飞船和被烧成焦炭的查尔斯·曼的尸体。

消息传回地球，唏嘘一片。查尔斯的死因众说纷纭，主流的观点认为是技术故障，查尔斯的飞船是自己改装的，各方面都存在缺陷，出问题并不奇怪，但是问题出在哪里，专家们又各执一词。有人说是电脑程序的错误，有人说是引擎本身的故障，还有人说是飞船控制面板的按钮分布过于密集，让查尔斯忙中出错。

也有人认为，查尔斯是自杀的，他们从查尔斯在地球上最后一段时间的若干古怪言行中找出证据，试图证明他已经厌倦了生活，想要离开这个世界，而撞击冥王星就是这位天才精心安排的行为艺术。这也能解释，为什么上一次开新闻发布会的时候，他的神色如此古怪。

另外还有一些人认为，查尔斯是被害死的，这个说法最骇人听闻，也最千奇百怪。害死他的主谋从竞争者斯蒂尔、前情人仓井雅到代卡洛斯飞船集团以及贝尔实验室等，可以列成一个长长的名单。一个有力的佐证是查尔斯的女友细川穗美在查尔斯死后第三天，所驾驶的飞车和另一辆飞车对撞后在东京上空爆炸，这个巧合似乎可以被视为阴谋，不过更合理的解释显然是细川伤心过度、神思恍惚所致。

网上也出现了各种各样的流言和稀奇古怪的所谓"证据"，大部分经不起推敲，但也有一些看上去有点分量。有一段录音似乎是查尔斯在和古德斯坦吵架，另一段视频似乎是查尔斯在和某个名人老婆偷情，还有他的父亲说他挥霍无度导致没有钱的电话录音……但这些伪造起来并不难，而且也无法证明和查尔斯的死有任何关系。至于有人说查尔斯是因为发现了脑桥芯片公司控制人类的阴谋而被灭口，就更是笑话奇谈了，没人会真的相信。

但无论如何，查尔斯死了。死了，再也不能复活。一个死人，无论是多么声名显赫的死人，被遗忘的速度总是很快的。查尔斯的事被热炒了一两个月，人们为他举办了各种缅怀和纪念仪式。不过，全世界很快出现了几名炙手可热的新星，他们也都开通了感官直播，有天才神童、国民美少女，也有草根人士，人们很快又被吸引到新的、更丰富的娱乐生活中去。

但有许多人却仍然无所适从，他们难以理解查尔斯的死。

"我……我就是想不通，"宅见直人喃喃地说，给自己斟了一杯啤酒，"查尔斯怎么会死呢？三年来，我熟悉他的一举一动，我有他的几乎每一个记忆，既然我活着，他怎么会死？"

"你是你，查尔斯是查尔斯。"朝仓冷冷地说，她对直人已经越来越没有耐心了。

直人摇头："你不明白，你根本不明白。那种感觉……我还可以清楚地记着查尔斯的一切，他在天上如何风驰电掣，如何在珊瑚丛中潜水，在读者见面会上如何发言，在酒会上如何觥筹交错，在非洲如何赈济灾民……对我来说，就好像是昨天的事一样。我看到地球在我脚下，我听到奥地利金色大厅的音乐，我闻到富士山下樱花的香味，我还……"不知不觉中，他已经从第三人称换成了第一人称。

"你还记得和仓井雅、宝拉和玛丽安娜如何浪漫缠绵吧。"朝仓冷冷地接道。

"当然，"直人憧憬地说，没有注意到女友表情的变化，"那些经历真是永世难忘啊，可惜没有和细川穗美在一起的记忆——"

"宅见直人，你这个浑球儿！"朝仓终于忍不住痛骂了出来，"你这辈子除了幻想自己是查尔斯之外，还会干什么？"

"小南，你又怎么了？"直人有点摸不着头脑。

"查尔斯死了都快半年了吧？你几乎每天都在絮絮叨叨那

些和你没有任何关系的往事，怀念那些根本不知道你是谁的女人，跟你说你也不听，我简直要疯了！这日子没法过了！"

"你不懂，我参与了这一切，这和发生在我身上没有任何区别，我知道自己不是查尔斯，但它们也是我经历的一部分！"

"哼，"朝仓讥讽地笑了，"你的经历就是日复一日地躺在房间里收看直播，本质上，你和那些看了电视然后想象自己是男主角的白痴没什么两样。"

"住口！"直人不由得怒火中烧，"每次你都这么说，可是你从来没有过感官直播的经历，有什么资格下判断？再说你是我的什么人，有什么权利告诉我我该干什么、不该干什么？"

"我是你的什么人？"朝仓的眼睛也在愤怒中闪闪发亮，"你说对了，我不是你的什么人。既然你这么说了，我们还是分手吧。"

"分手就分手，当初我就不该接受你！"直人恶狠狠地说。

朝仓没有再和他争吵，沉默地收拾起了自己的衣服和物品，直人在一旁看着，开始有些悔意，却又不好开口。直到朝仓提着几个大包站在了玄关口，他才着急起来："你这是干什么？大半夜的，有什么事明天——"

"直人，"朝仓的语气平静得令他害怕，"我曾经以为自己可以改变你，但是我错了。也许你是对的，你就是查尔斯，你会永远活在关于查尔斯的记忆里。但是对不起，这不是我想要过的生活。"

"我……我不是……"直人不知说什么好，眼睁睁地看着朝仓打开门，离去，脚步声越来越远，最终消失。

直人犹豫了一会儿，拨打了朝仓的电话，但是朝仓已经关机了，他只听见长长的忙音。

"走吧，都走！"直人喃喃地骂了几句，坐回到椅子上，继续自斟自饮起来。

为什么生活总是这样，他永远无法和人好好相处？不管他如何尝试，除了失败还是失败，在这个现实的世界，连空气都令人窒息。如果，如果他还能回到查尔斯身上，再过一次那种意气风发的人生，那该多好啊……

直人一边想，一边在电脑上漫不经心地点击着，他进了一个讨论感官直播的论坛，顶上的一行大字顿时吸引了他的注意：

"查尔斯·曼复活了！"

什么意思？

直人点进去一看，发现是时代传媒公司的广告，网页上面用英文写道：

"为缅怀已故的查尔斯·曼先生，本公司从他的继承人那里购买了以往全部直播内容的备份数据，以飨观众。直播内容的总长度达 8 万 5439 个小时，跨度为整整 10 年。您可以选择收看其中任何一个片段，也可以从头到尾浏览，以便深入了解查尔斯先生的生平和事迹……"

直人的心狂跳起来，10 年中所有的数据！也就是整整 10

年的直播人生！作为收看者，那些中微子波转换成的视觉和听觉会随即消失，也有技术手段防止私下拷贝，但是显然在相关机构内部会有备份，进行"重播"是可能的。对直人来说，他是从最后三年才开始收看查尔斯直播的，之前的7年都是空白的，但如今他可以从一开始就收看重播，这样的话，也就是说——

直人倒抽一口冷气：他将拥有整整10年查尔斯的人生，他将再一次和查尔斯融为一体，去面对未来（实际上是过去）的精彩人生，而这次，至少10年里不会再担心被单方面中断直播了，他可以放心地将自己融入查尔斯的意识深处。

直人兴奋地扫了一眼下面的条件，这回不再是免费的了，不过也不贵。每小时收费100日元，不过如果购买一天以上会降为50日元，如果全部购买每小时更是只要20日元，他完全可以负担。

他迅速用网上银行付了账，全部购买要将近160万日元。他暂时没有那么多钱，只能先花了20多万日元购买了头一年的数据，以后的慢慢再付吧。

直人躺回到榻榻米上，打开中微子转换器，电脑语音告诉他正在进行连接，准备接收数据，大约一分钟后可以开始直播，不，重播。

正当直人焦急地等待时，耳机中响起了提示音乐，告诉他收到了朝仓的一条语音短信。这回直人直接关机，根本懒得看一眼。或许朝仓又回心转意了，但那又如何？只要能再度成为查尔斯，我不会再需要这个女人……

中微子波束源源不断地传来，转化为电磁波和脑波，重播开始了。

重力感同步：我平躺在什么地方。

触觉同步：好像在一张床上，软软的很舒服。

嗅觉同步：仿佛有药水的味道，但并不刺鼻。

听觉同步：一个女人的声音在跟我说话，而且越来越清楚了。

视觉同步：一个朦朦胧胧的人影出现在我面前……

他仰望着天花板，看到自己未来的经纪人丽莎·古德斯坦对他俯下身来："感觉怎么样？"

"我没事……"他有些虚弱地说。

丽莎问："现在应该已经开始直播了，你还记得自己是谁吗？"

一丝自信的笑容出现在他苍白的脸上："那还用说？我是查尔斯，独一无二的查尔斯。"